超好學

日語五十音

3分鐘記憶口訣 + 旅遊單字小句 　教科書字體三版

葉平亭 著

> 不用補習，輕鬆自學無障礙！
> 用最短的時間學會日語五十音！
> 快速記憶，立刻上手！

U0141282

MP3

寂天雲 APP

如何下載 MP3 音檔

❶ 寂天雲 APP 聆聽：
掃描書上 QR Code 下載「寂天雲－英日語學習隨身聽」APP。加入會員後，用 APP 內建掃描器再次掃描書上 QR Code，即可使用 APP 聆聽音檔。

❷ 官網下載音檔：
請上「寂天閱讀網」（www.icosmos.com.tw），註冊會員／登入後，搜尋本書，進入本書頁面，點選「MP3 下載」下載音檔，存於電腦等其他播放器聆聽使用。

目錄

Part 3 片假名

Part 4 進階篇

充電站 🏭

前　言

學英文從「ABC」字母開始學，日文就從「あいうえお」五十音開始！

學好基礎的五十音，是日語學習的成功第一步，越快學會五十音，就可以越快進入好玩有趣的學習階段。不管是看日劇、唱日文歌，或到日本旅行，《超好學日語五十音》就是最好的學習開始！

五十音要怎麼學，才能記得快又紮實？如果硬背死記，常常是學了又忘，事倍功半，我們應該要採取更聰明有效率的方法學習，就是**字形、字音連結學習法**！

配合源自漢字的字源，如「あ」的字源是「安」；「い」的字源是「以」，不管字形或發音都和字源類似，學起來效果加倍！或是筆者**自創連想圖像**，創造出各種好玩易記的口訣，再利用字帖馬上練習寫，就可以讓你在好玩有趣的情境下快速有效率背下日文五十音了！

在進入五十音學習之前，筆者希望讀者先閱讀「Part 1前篇」裡的〈淺說五十音〉單元，先瞭解日文**文字的構成元素及類別、假名文字的由來、五十音裡的專有名詞、日文重音**等等說明，會對日文假名的概念、架構有更清晰的認知。

同時隨時搭配本書所附的MP3學習正確的發音，文字、聲音雙管齊下，自然將眼睛、耳朵學到的訊息匯入大腦中加深記憶。再利用書中穿插的練習題及歌謠等單元，加強學習的力道，在不知不覺中自然熟記每個假名的正確發音和字形。

現在網路自學發達，有人選擇網路學五十音，但是網路上的資訊繁多反而造成選擇上的困難，或是漏掉學習的細節。本書精心設計的全方位內容和清楚的版面設計，克服網路自學的缺點，不用上補習班，也可以在短時間內輕鬆自學五十音哦！

本書特色

1 全方位內容

本書主要結構分成四個Part：包括Part 1前篇的〈淺説五十音〉、Part 2平假名、Part 3片假名，以及Part 4進階篇的「旅遊日文小句」以及「心理測驗」等。

2 假名完整訊息

每個假名都是標準教科書字體，包含正確的筆順、羅馬拼音、字形字音聯想、書寫練習，同時可搭配MP3學習字音。

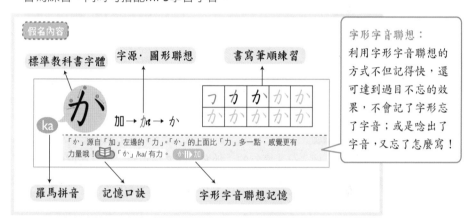

字形字音聯想：
利用字形字音聯想的方式不但記得快，還可達到過目不忘的效果，不會記了字形忘了字音；或是唸出了字音，又忘了怎麼寫！

3 單字學習循序漸進

循序漸進安排單字學習，避免提前出現還沒學過的假名，配上輕鬆插圖，同時標示羅馬拼音、重音、字源、漢字注音等等。

4 充電站

在假名之間穿插補充五十音的小知識，如：日語的手寫字體與印刷字體的不同、五十音是否真的有五十個音等內容，宛如有位虛擬的日文老師在旁邊教導。

充電站

為什麼「あ」的字音就像閩南語的「安」呢？

日本從中國習得知識，以漢字為基礎後創立了日本的文字。而根據考證，當時日本人學回去的語言發音與現今的閩南語相近。如「世界、散步」等等，與閩南語發音就很相近。

5 生動活潑的單元練習

每15個假名之後，插入分量適當的「**地名、國名填填看**」、「**按照假名順序把圖形畫出來**」兩項練習，幫助自己了解是否已經認得這些假名，並清楚其順序。

6 聽歌辨音

在平假名、片假名、進階篇中，分別收錄有趣的歌謠，可以邊聽歌邊複習假名，加深學習印象。

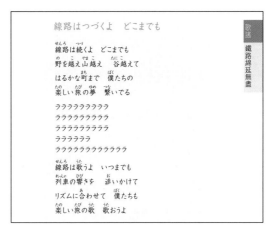

7 豐富進階內容

除了**招呼語**，如「おはようございます」（早安）等等內容之外，還包含了去日本馬上可以現學現用的「**旅遊日語小句**」。還有輕鬆又好玩的「**心理測驗**」單元，不但可以做有趣的心理測驗，還能學習基礎單字哦！

9

Part 1
前篇

淺說五十音

在學五十音之前，我們來看看日本假名的源起、發音類別，以及重音規則等，做個暖身操吧！先有個概括的了解後，再開始進入假名的學習會更有幫助哦。

日本文字的構成

日本文字是由「假名」與「漢字」所構成，而假名又分「平假名」與「片假名」兩種，兩者皆源自於中文。平假名是利用漢字的草書字形所創造而成；而片假名則是利用漢字的楷書字型偏旁所產生的。所以利用漢字字源可以更有效率地學習假名，而不用死記硬背，浪費許多時間。

平假名和片假名就像英文字母的大小寫一般，同一個音有兩種寫法，是日語的表音文字。例如：

片假名　　　　漢字

マリアさんは私の友達です。（瑪利亞小姐是我的朋友。）

平　假　名

因為「片假名」只是漢字字型的偏旁，是字型的一部分，所以感覺上比「平假名」好學，也好書寫。平假名和漢字組成了一般的日文文章，在使用上是最頻繁的，而片假名則主要用來表示外來語（根據外國語的音所拼出來的單字，包括外國人名、科學專有名詞等等）。

「片假名」的由來

在4、5世紀前日本並沒有自己獨自的文字系統，漢字經由各種不同管道傳入後，經歷漫長的時間演變為現在的文字系統。

漢字傳入日本初期，曾有一段時間是保留了漢字字義，以表意文字方式使用漢字，但是這種使用方式困難度高，文字自然因地制宜產生演變——接著漢字演化成表音文字「萬葉假名」，就是利用漢字表記日文的讀音，例如「かく」就以「加久」來表記。「萬葉假名」進入平安時代後，漢字的繁複不易書寫等等因素，讓「萬葉假名」開始慢慢簡化，而其簡化的路線分為兩條：一是簡化成「片假名」（カタカナ），二是簡化成「平假名」（ひらがな）。片假名取自的「萬葉假名」偏旁或全字，用來協助漢字文章閱讀，或是當作記號使用。翻開日本古代的文學作品，或是官方公文、法律文件等正式文書，可見到利用漢字及片假名寫成的表記方式，直到近代仍可見到。如：

此規則ハ明治二十五年一月一日ヨリ施行ス

（本規則自明治二十五年一月一日開始施行）

現在「片假名」主要用來表示外來語，為了精確發出外國音，片假名比平假名多出了幾個假名，如「ファ、ティ、ヴァ…」等等特殊音。請參照本書第 98 頁。

片假名除了用在外來語之外，學術的場合或動物、植物名稱也會以片假名表記，或是為了在句子中做區分、強調的單字，以及部分的擬聲語、擬態語，也會以片假名表記，這種情形在網路、漫畫上尤其常見。

「平假名」的由來

而「萬葉假名」另外一條簡化路線，就是利用「萬葉假名」草書體演變成獨特的「草假名」系統，後來為了寫得更快，「草假名」又更加簡略化，而演變成了平假名。

以前的日本人稱這種簡化後的「草假名」為「女手」，從字面上就可以知道，平假名以前主要是女性在使用，男性只有在私下或是吟詠和歌時才會使用。相對的，前面提到的以漢字及片假名構成的表記方式則被稱「男仮名」。平假名是後來才有的稱呼。

平假名用來標示日本原有的和語或漢語發音，在日語中使用最為頻繁。

除了「漢字」、「平假名」、「片假名」之外，在文章中還可以看到其他的文字記號，如「次々」裡的「々」，表示漢字重複，還有片假名的長音符號「—」等等。另外，日文還有使用「羅馬字」，即英文式拼音，如：「本田」→「honda」。

日語表音假名的類別

若依發音來分，假名分為清音、鼻音（撥音）、濁音、半濁音、拗音、促音、長音等七種：（請參照本書「五十音表」）

1 清音 如「かきくけこ」（カキクケコ）等，「平假名五十音圖」及「片假名五十音圖」的發音上都屬「清音」。清音原來有五十音，但由於其中有些字現已不用，或與「あ」行的音重複，至今實際使用的只有四十五音，加上鼻音「ん」，通稱為五十音。

2 鼻音 放在五十音表最後面的「ん」是「撥音」，也就是鼻音。鼻音只有「ん」（ン）一個字母，發「n」的音，它必須附在其他假名之下，與其他假名連用組成單字。

3 濁音 與清音相對的是濁音，如「がぎぐげご」（ガギグゲゴ）等。濁音是利用清音的「か行」、「さ行」、「た行」、「は行」假名衍生而出的，只是在清音上面再加上兩點「゛」，在發音上也只是加重鼻音發音，並不會增加學習的負擔，讀者先不用害怕。

④ **半濁音** 只有「ぱぴぷぺぽ」（パピプペポ）五個假名。在清音的「はひふへほ」上面再加上「。」的符號。

⑤ **拗音** 是指在「清音」裡子音為「i」的假名，加上小寫的「ゃ、ゅ、ょ」而成，寫成二個字，但唸成一個音節，如「きゃ、きゅ、きょ」（キャ、キュ、キョ）等等。拗音就像中文注音拼音法：「き」讀「ki」；「や」讀「ya」，所以「きゃ」就讀「kya」。雖然乍看之下好像要多學很多的東西，不過其實拗音只是前面所學的應用，讀者只要轉個腦筋，就可以馬上學會。

⑥ **特殊音** 除了上面的拗音之外，在日文外來語中還會看到像是「ウェ」、「フォ」、「ファ」等等特殊音，這些音都是為了更精準地拼出外語發音而演變出來的。

⑦ **長音** 有點類似英文的連音。而當有兩個母音同時出現時，便形成了長音，發音時只要將音節拉長一倍即可，如「おか<u>あ</u>さん」。片假名的長音
以「一」來表示。

⑧ **促音** 發音時，停頓一拍。以「っ」、「ッ」（小寫字）來表示。

什麼是「あ行」？什麼是「あ段」

　　翻開五十音表，圖表裡的橫列稱「行」；豎列稱「段」。每行五個假名，共有十行；每段十個假名，共有五段。（請參照「五十音表」）如：

あ行 「あいうえお」是一行，以這一行最前面的一個假名命名，所以這行稱為「あ行」。「行」的假名為同一子音（除了「あ行」）。

あ段 「あかさたなはまやらわ」是一個段，以第一個假名命名，故稱「あ段」。「段」的假名為同一母音。

中文的字有四聲，英文有主次重音，日文當然也有重音（accent）。唸日文單字時，會在不同的音節出現高低起伏的音調，這就是日文的重音（アクセント）。

當然在句子中也有高低起伏的重音，但是那牽涉了許多理論，這裡就先簡略不提了，僅就單字重音做簡單的介紹。

日文表示重音的方式包括用劃線的，或是用數字表現等等。例如：

數字 一般採用數字0、1、2、3、4方式標示重音。	かもめ0 海鷗	えき1 車站	はな2 花	はな0 鼻子
畫線 線從哪個字往下降，音就從那個字往下降。	かもめ	えき	はな	はな
	直到最後的「め」沒有起伏，唸的是平板音。	第一個假名「え」是高音，之後的是低音。	「はな」是高音，之後是低音。（請見右頁說明）	直到最後的「な」沒有起伏音，唸的是平板音。

16

「2號音」的「はな」（花）和「0號音」的「はな」（鼻子）聽起來都一樣啊，那兩者有什麼差別呢？

這兩個單字在單獨唸的時候，聽起來是一樣的，但是若後面加上助詞（或某些助動詞），如「が」等等之後，就會產生變化。如：

花　　➡　　はな̄が

鼻子　➡　　はな̄が

看到這裡，我們會發現，如何發日文重音其實並不困難，只是有些文法書上寫：「第一拍低音、第二拍高音、第三拍以下全是低音⋯⋯」、「平板型、頭高型、中高型、尾高型音⋯⋯」等等，大部分人看到這些專門論述，早就昏頭轉向舉雙手投降了。

有更簡單的方法可以更快學會日文的重音：讀者只要一邊聽MP3，一邊在標示重音數字的地方加強發音，慢慢習慣日文的韻律即可。習慣發音的韻律之後，不但可以增加學習日文的速度，更可以說出一口漂亮的日文。

1 一個假名算一個音節。如：

せんせい₃：老師。

→ 四個音節，重音在第三個假名。

2 促音算一個音節。如：

もったいない₅：可惜的、浪費的。

→ 六個音節，重音在第五個假名。

3 拗音算一個音節。如：

ろくじゅう₃：六十。

→ 四個音節。「じゅ」看起來有兩個假名，
但是讀音只有一個音，所以算一個音節。

4 長音算一個音節。如：

スープ₁：湯。

→ 三個音節。重音在第一個假名。

一個單字有兩種或三種重音？

因為地域或習慣等因素，會產生不同的發音，所以有的單字並不只有一個重音，如：

あかるい₀ ／ あかるい₃：明亮的。

這個單字有兩種重音，表示這兩種唸法都有人使用，只是通常較常使用前面的重音。

重音到底重不重要？有的人主張只要可以溝通，重音發得不對無傷大雅。但是其實重音是一種語言的韻律，掌握韻律是學好語言的最重要的訣竅，只要掌握好單字的重音，就容易唸得正確又順口，説起句子對話也不會結結巴巴的。

所以當大家在初學單字時，可以把握機會多多練習發音，這樣對將來學日文一定會有很大的助益的。

平假名 01

	あ段	い段	う段	え段	お段
あ行	あ a	い i	う u	え e	お o
か行	か ka	き ki	く ku	け ke	こ ko
さ行	さ sa	し shi	す su	せ se	そ so
た行	た ta	ち chi	つ tsu	て te	と to
な行	な na	に ni	ぬ nu	ね ne	の no
は行	は ha	ひ hi	ふ fu	へ he	ほ ho
ま行	ま ma	み mi	む mu	め me	も mo
や行	や ya		ゆ yu		よ yo
ら行	ら ra	り ri	る ru	れ re	ろ ro
わ行	わ wa				を o
鼻音	ん n				

五十音表

	ア段	イ段	ウ段	エ段	オ段
ア行	ア a	イ i	ウ u	エ e	オ o
カ行	カ ka	キ ki	ク ku	ケ ke	コ ko
サ行	サ sa	シ shi	ス su	セ se	ソ so
タ行	タ ta	チ chi	ツ tsu	テ te	ト to
ナ行	ナ na	ニ ni	ヌ nu	ネ ne	ノ no
ハ行	ハ ha	ヒ hi	フ fu	ヘ he	ホ ho
マ行	マ ma	ミ mi	ム mu	メ me	モ mo
ヤ行	ヤ ya		ユ yu		ヨ yo
ラ行	ラ ra	リ ri	ル ru	レ re	ロ ro
ワ行	ワ wa				ヲ o
鼻音	ン n				

濁音 (03)

が行	が ga	ぎ gi	ぐ gu	げ ge	ご go
	ガ ga	ギ gi	グ gu	ゲ ge	ゴ go
ざ行	ざ za	じ ji	ず zu	ぜ ze	ぞ zo
	ザ za	ジ ji	ズ zu	ゼ ze	ゾ zo
だ行	だ da	ぢ ji	づ zu	で de	ど do
	ダ da	ヂ ji	ヅ zu	デ de	ド do
ば行	ば ba	び bi	ぶ bu	べ be	ぼ bo
	バ ba	ビ bi	ブ bu	ベ be	ボ bo

半濁音 (04)

ぱ行	ぱ pa	ぴ pi	ぷ pu	ぺ pe	ぽ po
	パ pa	ピ pi	プ pu	ペ pe	ポ po

か行	きゃ kya	きゅ kyu	きょ kyo	キャ kya	キュ kyu	キョ kyo
が行	ぎゃ gya	ぎゅ gyu	ぎょ gyo	ギャ gya	ギュ gyu	ギョ gyo
さ行	しゃ sha	しゅ shu	しょ sho	シャ sha	シュ shu	ショ sho
ざ行	じゃ ja	じゅ ju	じょ jo	ジャ ja	ジュ ju	ジョ jo
た行	ちゃ cha	ちゅ chu	ちょ cho	チャ cha	チュ chu	チョ cho
な行	にゃ nya	にゅ nyu	にょ nyo	ニャ nya	ニュ nyu	ニョ nyo
は行	ひゃ hya	ひゅ hyu	ひょ hyo	ヒャ hya	ヒュ hyu	ヒョ hyo
ば行	びゃ bya	びゅ byu	びょ byo	ビャ bya	ビュ byu	ビョ byo
ぱ行	ぴゃ pya	ぴゅ pyu	ぴょ pyo	ピャ pya	ピュ pyu	ピョ pyo
ま行	みゃ mya	みゅ myu	みょ myo	ミャ mya	ミュ myu	ミョ myo
ら行	りゃ rya	りゅ ryu	りょ ryo	リャ rya	リュ ryu	リョ ryo

23

a	安→安→あ	ka	加→加→か
i	以→以→い	ki	幾→幾→き
u	宇→宇→う	ku	久→久→く
e	衣→衣→え	ke	計→け→け
o	於→於→お	ko	己→己→こ

sa	左→左→さ	ta	太→太→た
shi	之→之→し	chi	知→知→ち
su	寸→寸→す	tsu	川→川→つ
se	世→世→せ	te	天→天→て
so	曾→曾→そ	to	止→止→と

na	奈→奈→な	ha	波→波→は
ni	仁→仁→に	hi	比→比→ひ
nu	奴→奴→ぬ	fu	不→ふ→ふ
ne	祢→祢→ね	he	部→部→へ
no	乃→乃→の	ho	保→保→ほ

24

ma	末 → 末 → ま	ya	也 → 也 → や
mi	美 → 美 → み	yu	由 → 由 → ゆ
mu	武 → 武 → む	yo	与 → 与 → よ
me	女 → 女 → め		
mo	毛 → 毛 → も		

ra	良 → 良 → ら	wa	和 → 和 → わ
ri	利 → 利 → り	o	遠 → 遠 → を
ru	留 → 留 → る	n	无 → 无 → ん
re	礼 → 礼 → れ		
ro	呂 → 呂 → ろ		

a	阿 → 阿 → ア	ka	加 → 加 → カ
i	伊 → 伊 → イ	ki	幾 → 幾 → キ
u	宇 → 宇 → ウ	ku	久 → 久 → ク
e	江 → 江 → エ	ke	介 → 介 → ケ
o	於 → 於 → オ	ko	己 → 己 → コ

sa	散 → 散 → サ	ta	多 → 多 → タ
shi	之 → 之 → シ	chi	千 → 千 → チ
su	須 → 須 → ス	tsu	川 → 川 → ツ
se	世 → 世 → セ	te	天 → 天 → テ
so	曾 → 曾 → ソ	to	止 → 止 → ト

na	奈 → 奈 → ナ	ha	八 → 八 → ハ
ni	仁 → 仁 → ニ	hi	比 → 比 → ヒ
nu	奴 → 奴 → ヌ	fu	不 → 不 → フ
ne	祢 → 祢 → ネ	he	部 → 部 → ヘ
no	乃 → 乃 → ノ	ho	保 → 保 → ホ

ma 末 → 末 → マ	ya 也 →也 → ヤ
mi 三 → 三 → ミ	yu 由 → 由 → ユ
mu 牟 → 牟 → ム	yo 与 → 与 → ヨ
me 女 → 女 → メ	
mo 毛 → 毛 → モ	

ra 良 → 良 → ラ	wa 和 → 和 → ワ
ri 利 → 利 → リ	o 乎 → 乎 → ヲ
ru 流 → 流 → ル	n 尔 → 尔 → ン
re 礼 → 礼 → レ	
ro 呂 → 呂 → ロ	

Part 2
平假名

一	十	あ	あ	あ

a

安 → 㝩 → あ

「あ」是從「安」的草書字形演變而來，字音也與「安」近似。 あ → 安

い	い	い	い	

i

以 → 以 → い

「い」字型字音均與字源「以」類似。 い → 以

`	う	う	う	

u

宇 → 宇 → う

「う」源自「宇」的寶蓋頭「宀」部。 寶蓋「烏」/ u / 紗帽。烏紗帽的後面帶子是長的，上面還有個帽飾哦！注意，日文的「u」是扁唇音，發音時嘴形不要太圓，要略微壓扁。以下有母音是「u」的，都要發扁唇音。 う → 宀

`	え	え	え	

e

衣 → 衣 → え

「衣」的草書和「え」形態近似。 「え」（A）別人的衣服。跳舞時衣服飄逸，所以「え」的下半部要一筆寫完，不要中斷。 え → 衣

一	お	お	お	お

o

於 → 於 → お

「お」長得有點像提手旁「手」部的草書，最後一筆很像英文的「o」。 「o」型射「手」。 お → O

1
あ行
あいうえお

「あい」
a-i
愛；愛慕 あい 愛

「いえ」
i-e
家 いえ 家

「うえ」
u-e
上面 うえ 上

「おい」
o-i
外甥；姪兒 おい 甥

「あお」
a-o
藍色 あお 青

充電站

為什麼「あ」的字音就像閩南語的「安」呢？

　　日本從中國習得知識，以漢字為基礎後創立了日本的文字。而根據考證，當時日本人學回去的語言發音與現今的閩南語相近。如「世界、散步」等等，與閩南語發音就很相近。

看羅馬音填填看

① u-e ○ ○　④ o-i ○ ○

② a-o ○ ○　⑤ i-e ○ ○

③ a-i ○ ○

ka

加 → か → か

つ	カ	か	か	か

「か」源自「加」左邊的「力」。「か」的上面比「力」多一點，感覺更有力量哦！ 「か」/ka/ 有力。 か → 加

★「か」當助詞使用時，其氣音會弱化，發音近似「ga」。

ki

き → き

一	二	キ	き	き
き				

「き」的音類似英文的 key，看看「き」長得像不像一把鑰匙啊？ き → key

ku

久 → 久 → く

く	く	く		

「く」源自「久」右邊的字形。字形與注音符號「ㄍ」相似。 哭 /ku/ 哭很久。所以看到注音符號的「ㄍ」就要唸「哭」/ku/。 く → 久

ke

計 → け → け

l	け	け	け	

「け」源由「計」的草書而來，左邊的「言」部簡化為一豎。 「K」計畫。 け → 計

ko

己 → 己 → こ

こ	こ	こ	こ	

「こ」 櫻桃小「口」/ko/。櫻桃小口是上唇窄、下唇寬，很性感的。所以寫時不要拉直寫成上下一樣寬，或寫太彎成了櫻桃大口。 こ → 口

かお
ka-o 顔（かお）
臉

あき
a-ki 秋（あき）
秋天

きく
ki-ku 菊（きく）
菊花

いけ
i-ke 池（いけ）
水池；池子

こい
ko-i 鯉（こい）
鯉魚

充電站

「き」的下面要連起來嗎？

　原則上，書寫時「き」下面是不連的。因為印刷字體的差異，某些字體的「き」下面會完全連起來，常常搞得初學者無所適從。本書採用與手寫字體接近的教科書字體，讀者可以學到標準的書寫方式。

教科書體   明朝體

看羅馬音填填看

1. a-ki ◯ ◯

2. ka-o ◯ ◯

3. i-ke ◯ ◯

4. ki-ku ◯ ◯

5. ko-i ◯ ◯

33

sa

さ→さ

一	さ	さ	さ	さ

「さ」字形與「一把刀」類似。 「殺」/sa/ 人用菜刀。菜刀的刀鋒彎彎的，所以下面那一劃要略彎。「さ」和「き」只差一劃，不要搞混了。 さ → 左

shi

 C→し

し	し	し		

「し」長得像英文字母「C」，發音也很相似哦。將「C」拉長、拉直就是「し」。「し」的羅馬拼音為「shi」，打字時打「si」也可以打出「し」。 し → C

su

 寸→す→す

一	す	す	す	

「す」字形源自「寸」的草書。 「四」/su/ 寸。 す → 寸

se

 世→せ→せ

一	ナ	せ	せ	せ

「せ」字形源自「世」，但少了中間的一豎；「世」的台語讀「ㄙㄟˋ」，音近似「せ」。 せ → 世

so

曽→曽→そ

そ	そ	そ		

「そ」源自「曽」的草書體的上半部。如果你姓「曾」，別人就可以叫你「曾（so）桑」。「そ」下半部肚子要凸出來一點，彎大一點！ そ → 曾

34

すし
su-shi
壽司　寿司

しか
shi-ka
鹿　鹿

すいか
su-i-ka
西瓜　西瓜

せき
se-ki
位子　席

うそ
u-so
謊言　嘘

充電站

要模仿書寫中的「拖曳」
筆觸嗎?

　假名在不同字體中的
「拖曳」筆觸差異懸殊,
在書寫時不必過於仿古
人的毛筆書寫效果,略
為保留「勾、拖曳」等
筆感即可。如:

看羅馬音填填看

1 su-shi ○ ○

2 u-so ○ ○

3 su-i-ka ○ ○ ○

4 se-ki ○ ○

5 shi-ka ○ ○

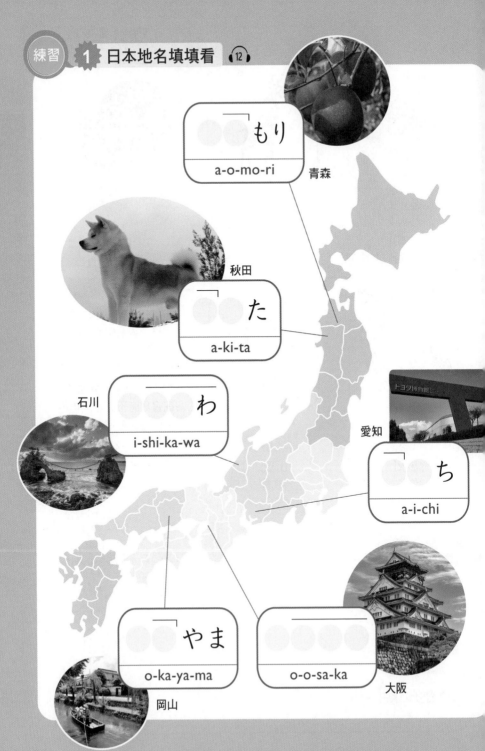

もり
a-o-mo-ri 青森

秋田
た
a-ki-ta

石川
わ
i-shi-ka-wa

愛知
ち
a-i-chi

やま
o-ka-ya-ma
岡山

o-o-sa-ka
大阪

練習 2

按照あ～そ的 假名 順序，把 圖形 畫出來

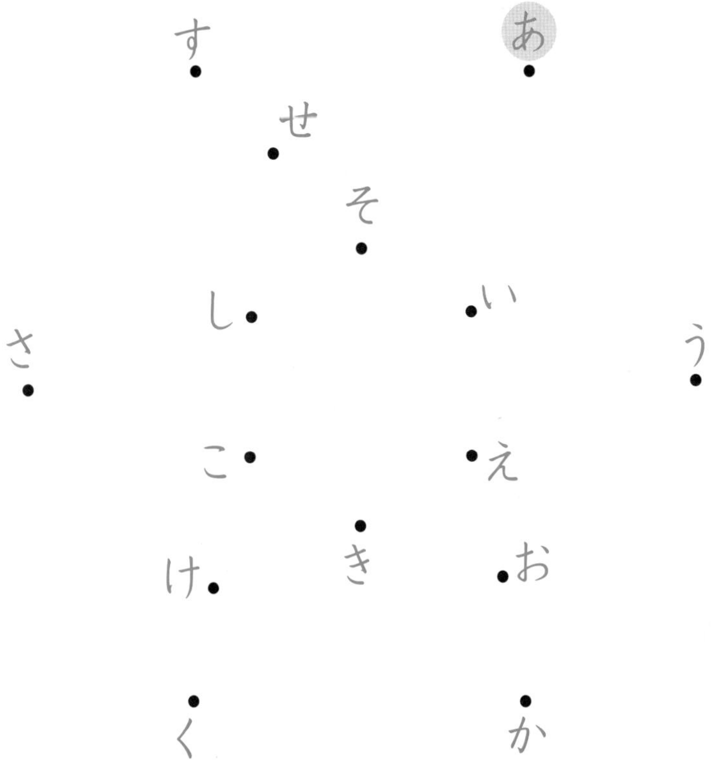

あ

す

せ

そ

い

う

し

え

さ

こ

き

お

け

か

く

た ta

太 → 太 → た

一	ナ	ナ	た	た
た				

「た」的字形字音都和字源「太」類似，很容易記的。 太 /ta/陽 た → 太

ち chi

ち → ち

一	ち	ち	ち	

「ち」像是中文數字「七」長了一個圓圓的肚子；「ち」的字音也和「七」很相近哦！「ち」的羅馬拼音為「**chi**」，打字時打「**ti**」也可打出「ち」。 ち → 七

つ tsu

川 → ツ → つ

つ	つ	つ		

「つ」的字形像是彎彎的河流。 治/**tsu**/河水。 「つ」的羅馬拼音為「**tsu**」，打字時打「**tu**」也可以打出「つ」。  つ → 川

て te

天 → え → て

て	て	て		

「て」的字形源自「天」的草書體。試試用台灣國語來唸「天」，是不是就變成了日文的「て」/**te**/了呢？  て → 天

と to

 → と

、	と	と	と	

「と」很像是鼻上長了一片葉子。鼻子上會長葉子的就是「偷偷/**to**/」說謊的小木偶（Pinocchio）。 と → 🌱

した★
shi-ta
下面　した
下

くち
ku-chi
口；嘴　くち
口

つくえ
tsu-ku-e
桌子　つくえ
机

 充電站

書寫正確度檢核：
て：弧度必須超過一半
す：圈圈不可超過中線

ちかてつ
chi-ka-te-tsu
地下鐵　地下鉄

とけい
to-ke-i
時鐘　時計

★ 「た」如果不是在單字的第一個字，其氣音會弱化，發音近似「da」。

看羅馬音填填看

① ku-chi ◯◯

② shi-ta ◯◯

③ to-ke-i ◯◯◯

④ chi-ka-te-tsu ◯◯◯◯

⑤ tsu-ku-e ◯◯◯

na 奈 → 奈 → な

一	ナ	ナ	な	な
な				

「な」的字形和字音都和它的字源「奈」類似。 📖 「奈」/na/ 良　な → 奈

ni 仁 → 仁 → に

l	l	に	に	に

「に」的字形與「仁」類似，它的發音「**ni**」，也和台語的「仁」（ㄌㄧㄣ／）
很相近哦！ 📖 「仁」/ni/ 愛　に → 仁

nu 奴 → 奴 → ぬ

l	ぬ	ぬ	ぬ	

「ぬ」的字形和字音都和「奴」很相近，不容易忘記吧！　ぬ → 奴

ne 祢 → 祢 → ね

l	ね	ね	ね	

「ね」的右半部像一個女孩手插著腰。一個女孩手插著腰，俏皮溫柔地對你說
「**ne**」！記得右半部要勾圈起來，這樣才有韻味哦！　ね → 祢

no 乃 → 乃 → の

の	の	の		

「の」的字形和它的字源「乃」很類似。這個字在台灣也很容易看到，你早就認得
了吧！　の → 乃

16

なつ

na-tsu
夏天 夏

かに

ka-ni
螃蟹

いぬ

i-nu
狗　犬

ねこ

ne-ko
貓　猫

きのこ

ki-no-ko
菇類

充電站

筆順很重要嗎？

　古人以毛筆寫假名時，自然歸納出如何書寫出優美字跡的筆順，按照筆順寫出來的日文自然會比較好看。如「な、ね」。

留足夠空間　第二筆劃要接觸
　　　　　　到中間的一豎

看羅馬音填填看

❶ i-nu 〇 〇

❷ ka-ni 〇 〇

❸ na-tsu 〇 〇

❹ ne-ko 〇 〇

❺ ki-no-ko 〇 〇 〇

清音 6 は行 17

ha は

波 → 彼 → は

l	に	は	は	は

「は」源自「波」的草書體。 哈 /**ha**/ 利波特 は → 波

★「は」當作助詞使用時，讀作「**wa**」。

hi ひ

 → ひ

ひ	ひ	ひ		

「ひ」的字形長得像下巴長了兩撇鬍子。「鬍子」日文就稱做「ひげ」。 ひ → 比

fu ふ

不 → ふ → ふ

`	う	ふ	ふ	ふ
ふ				

「ふ」的字形類似「不」。「ふ」的濁音「ぶ」/**bu**/ 字音，就與「不」非常相似。

打字時打「**fu**」、「**hu**」都可以打出「ふ」。 哦，「不」/**bu**/！ ふ → 不

he へ

ㄟ → へ

へ	へ	へ		

「へ」和注音符號的「ㄟ」類似，但是字音為「**he**」。 ㄟ「嘿」/**he**/。

へ → ㄟ/he/ ★「へ」當助詞使用時，獨作 /**e**/。

ho ほ

保 → 保 → ほ

l	に	に	ほ	ほ
ほ				

把「は」字上面再加一橫，就變成「ほ」了。「ほ」長得像「活」，用台灣國語來唸「活」就是「**ho**」。 ㄏㄡˊ！「活」/**ho**/該！ ほ → 活

18

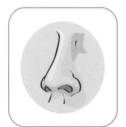

はな
ha-na
鼻子　鼻

ひと
hi-to
人類　人

ふね
fu-ne
船　船

へそ
he-so
肚臍

ほし
ho-shi
星星　星

充電站

書寫正確度檢核：
ふ：書寫時四筆劃各不相連。
は、ほ：最後一劃是「捺」，
不可寫出尾巴來。

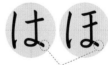

ふ ——— 不相連

はほ

此處不可寫成尾巴狀

看羅馬音填填看

1 ho-shi ◯ ◯

2 hi-to ◯ ◯

3 fu-ne ◯ ◯

4 he-so ◯ ◯

5 ha-na ◯ ◯

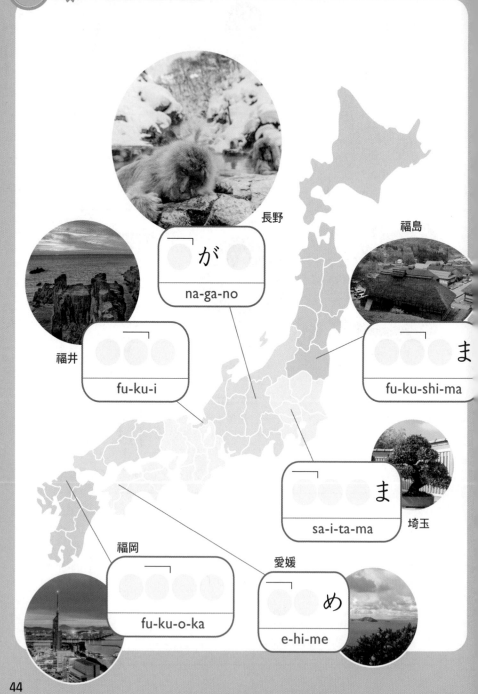

長野
が
na-ga-no

福島
ま
fu-ku-shi-ma

福井
fu-ku-i

ま
sa-i-ta-ma
埼玉

福岡
fu-ku-o-ka

愛媛
め
e-hi-me

練習 **2**

按照た～ほ的假名順序，把圖形畫出來

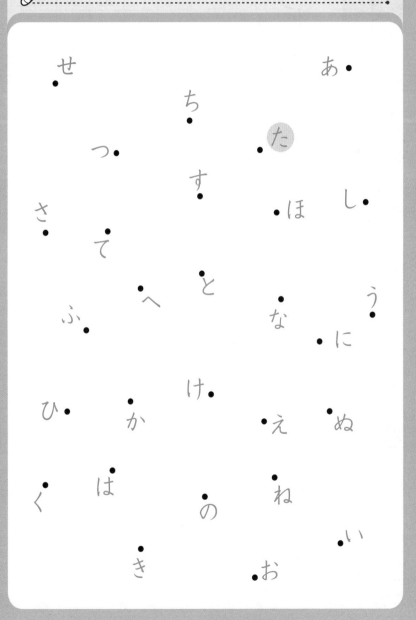

ma

ほ → ま

一	ニ	ま	ま	ま

「ま」的字形像「馬」的下半部，字音像「馬」。 ま → 馬

mi

美 → 美 → み

み	み	み	み	

「み」是從「美」的草書的下半部演變而來的；「美」的台語讀音與「み」近似。
み → 美

mu

武 → 武 → む

一	む	む	む	む

「む」源自「武」的草書字形。「む」像母袋鼠有個育兒袋，強大的尾巴翹高高。
📖 「母」/**mu**/ 袋鼠。 む → 武

me

女 → 女 → め

＼	め	め	め	

「め」源自「女」的草書字形；字音和「美」相近。 📖 美 /**me**/ 女。 め → 女

mo

毛 → 毛 → も

し	も	も	も	も

「も」的字形源自「毛」的草書，只是少了最上方的那一撇。「毛」的台語讀
「**mo**」，字音也很相近哦！ も → 毛

7
ま行
ま
み
む
め
も

u-ma
馬
馬

u-mi
大海 海
大海

mu-shi
（泛指所有的）蟲子 虫
虫

充電站 🏭

書寫正確度檢核：
ま：第一劃比第二劃長。
む：第二劃的圈要明顯。

ka-mo-me
海鷗

ku-mo
雲；蜘蛛

看羅馬音填填看

① ku-mo ◯◯

② u-mi ◯◯

③ mu-shi ◯◯

④ ka-mo-me ◯◯◯

⑤ u-ma ◯◯

ya

也→や→や

つ	つ	や	や	や

「や」源自「也」的草書，字形與「也」很像，「也」的台語讀作「ya」，字音也雷同。　や → 也

yu

由→由→ゆ

ロ	ゆ	ゆ	ゆ	

「ゆ」源自「由」的草書。台語的「由」就唸「yu」。　ゆ → 由

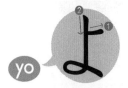

yo

与→与→よ

ー	よ	よ	よ	

「よ」源自「与」的草書字形。圖像近似眼睛蛇。　有 /yo/「蛇」。

よ → 与

充電站

為什麼「や行」（ヤ行）只有三個？

　　「や行」的音，本來應該有「ya、yi、yu、ye、yo」，但是其中的「yi」已被「い」取代；「ye」則被「え」取代，所以這一行只剩「や」、「ゆ」、「よ」三個音。

y	や	（い）	ゆ	（え）	よ
	ya	yi	yu	ye	yo

やま
ya-ma
山峰　　山^{やま}

ふゆ
fu-yu
冬天　　冬^{ふゆ}

よいち
yo-i-chi
夜市　　夜市^{よいち}

8
や
行
や
ゆ
よ

充電站

漢字注假名時，假名要怎麼配置？

　　不同漢字有其個別的讀音，注假名時的配置位置依其讀音決定，如「兵^{へい}士^し」的「兵^{へい}」其讀音是兩個假名。但是也有一種情況是以一組漢字為單位，此時假名就必須平均分配在該組漢字上，如「お土產^{みやげ}」（伴手禮）就是以「土產」為單位，讀作「みやげ」，假名就平均標示在兩個漢字上，作「土產^{みやげ}」。

　　在 WORD 檔中使用「注音標示」功能，就可以在漢字上注上假名。「注音標示」下中有「逐字」及「逐詞」等兩種標示方式，以「兵^{へい}士^し」為例：

逐字：兵^{へい}士^し　　→以 1 個漢字為單位注假名

逐詞：お土產^{みやげ}　　→以 1 組漢字為單位注假名

看羅馬音填填看

1 fu-yu

2 ya-ma

3 yo-i-chi

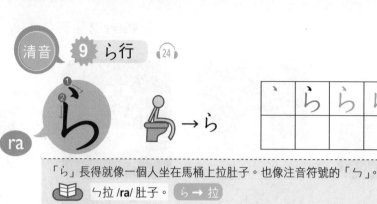

ra

、	ら	ら	ら	

「ら」長得就像一個人坐在馬桶上拉肚子。也像注音符號的「ㄌ」。
ㄌ拉 /ra/ 肚子。 ら → 拉

ri

利 → 利 → り

⎸	り	り	り	

「り」源自「利」右邊的部首「刂」部的草書;字音也和「利」很相近哦。
り → 利

ru

留 → 𥝱 → る

る	る	る		

「る」字形源自「留」的草書體。字音和「露西」的「露」近似。露出肚臍,所以
「る」下面有個小圈。 「露」/ru/ 肚臍。 る → 露

re

礼 → 礼 → れ

⎸	れ	れ	れ	

「れ」源自「礼」的草書體,「礼」台語讀作「re」,字音也很相近。 れ → 礼

ro

呂 → 呂 → ろ

ろ	ろ	ろ		

試試看,用台灣國語唸「肉」,就與「ろ」的字音近似。「る」是下面有個肚臍;
「ろ」下面是「肉」肉的大肚子。長胖後肚臍找不到了。注意,肚子要寫圓一點
哦! 「肉肉」/ro/ 大肚子。 ろ → 肉

sa-ku-ra
櫻　さくら桜

のり

no-ri
海苔；膠水

さる

sa-ru
猴子　さる猿

れきし

re-ki-shi
歷史　れきし歷史

ふくろ

fu-ku-ro
袋子　ふくろ袋

充電站

「ら行」的讀音是什麼？
「ら行」的「ら」、
「り」、「る」、
「れ」、「ろ」，其羅
馬拼音分別為 /ra/、
/ri/、/ru/、/re/、
/ro/，其中的子音「r」
不發捲舌音，唸成類似
「拉」哦。要特別注意！

看羅馬音填填看

1 fu-ku-ro ◯◯◯

2 sa-ru ◯◯

3 no-ri ◯◯

4 re-ki-shi ◯◯◯

5 sa-ku-ra ◯◯◯

wa

和→和→わ

l	わ	わ	わ	

「わ」源自「和」的草書。「和」左邊的「口」就像一張大大的嘴巴，你唸 **wa** 的時候，嘴巴就會張得大大圓圓的。　哇 /wa/ 哇大嘴巴！　わ → 哇

o

遠→遠→を

一	ち	を	を	を

「を」是助詞和動詞搭配使用，表示動作作用的對象。單字中不會出現「を」。
を → 遠

鼻音

n

ん→ん

ん	ん	ん		

「ん」的字形長得像英文字母「**h**」的書寫體，也有像英文字母「**n**」，字音也和「**n**」一樣哦。　ん → 无

充電站

「ん」是鼻音？不是清音？

　在五十音表最後面的「ん」不是清音，是唯一的鼻音，日文寫作「撥音」。「ん」必須與其他的假名連用。

(27)

10

わ行 わ を

にわとり
ni-wa-to-ri
雞 鶏（にわとり）

ももを買う（か）
mo-mo o ka-u
買桃子

みかん
mi-ka-n
橘子

充電站

「わ」行只有兩個假名？

　　「わ行」在古文中原來是「わ、ゐ、う、ゑ、を」五個，但其中的「**う**」與「あ行」的「う」重複而消失，而「**ゐ**」、「**ゑ**」在現代假名中已不使用，所以不列入五十音表中，「わ行」就只剩「わ」和「を」兩個音。「ゐ」「ゑ」這兩個假名可以在古日文裡看到。其寫法為：

ゐ ゑ

　を：「を」的羅馬拼音是「o」, 與「あ行」的「お」讀音相同。但是打字時要輸入「wo」才能打出「を」。「お」和「を」雖然讀音一樣，但是「を」只當助詞用，不會出現在單字中，等您學動詞的時候才會碰到它喔！

看羅馬音填填看

1. ni-wa-to-ri ◯ ◯ ◯ ◯

2. mo-mo o ka-u ◯ ◯ ◯ ◯ ◯

3. mi-ka-n ◯ ◯ ◯

岩手

i-wa-te

広島

hi-ro-shi-ma

ya-ma-na-shi

山梨

奈良

na-ra

熊本

ku-ma-mo-to

沖縄

o-ki-na-wa

練習 **2**

🔍 按照ま～ん的 假名 順序，把 圖形 畫出來

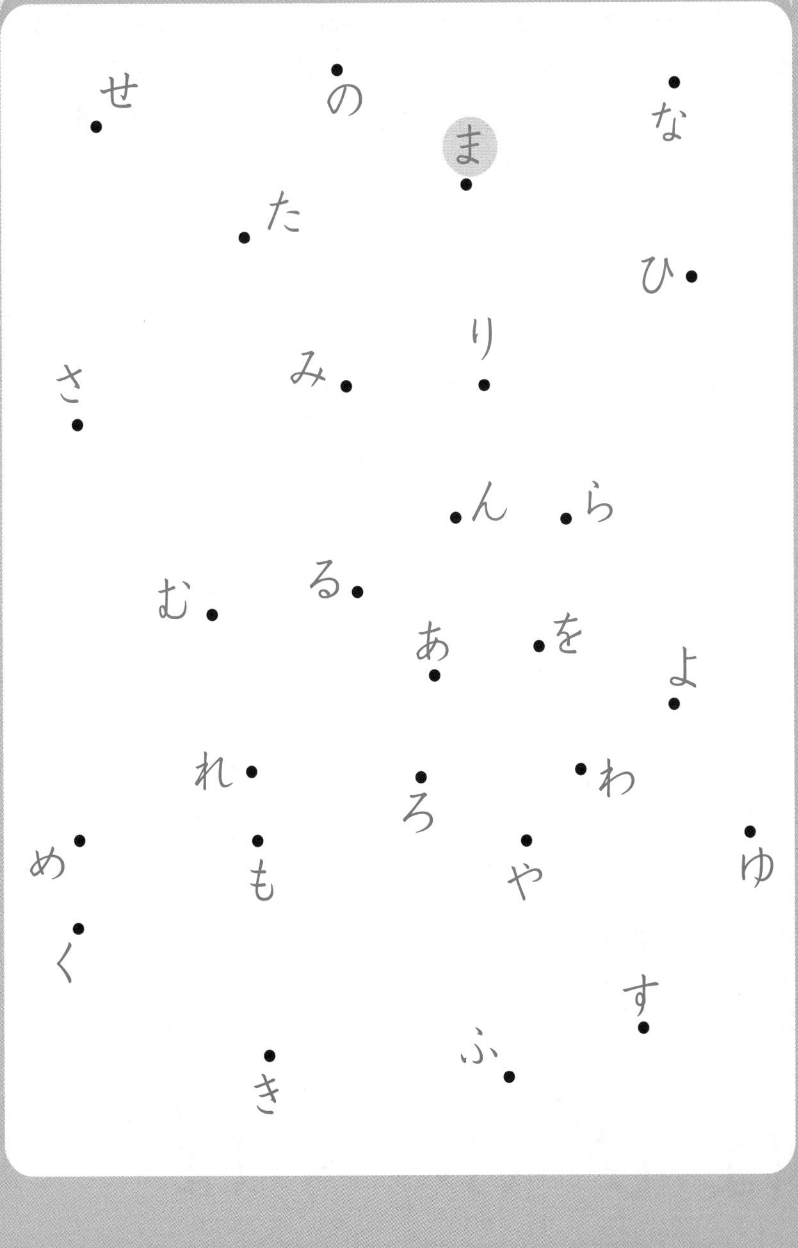

せ
の
ま
な
た
ひ
り
さ
み
ん
ら
る
む
あ
を
よ
れ
ろ
わ
も
や
ゆ
め
く
き
ふ
す

55

平假名 **11** 濁音 ⟨29⟩

　　濁音是前面學到的「か行、さ行、た行、は行」清音假名,在右上角添加兩點 「"」就成了濁音。

　　「**が行、ざ行、だ行、ば行**」其子音是無氣音(g, z, d, b),另外,請注意「**が行**」假名不位於字首時,發鼻音更為濃重的「鼻濁音」。

　　還有,「**じ**」音發作「**ji**」」,不發作「zi」;「**ぢ**」發作「**ji**」」,不發作「di」;「**づ**」發作「**zu**」,不發作「du」。

が行	が ga	ぎ gi	ぐ gu	げ ge	ご go
ざ行	ざ za	じ ji	ず zu	ぜ ze	ぞ zo
だ行	だ da	ぢ ji	づ zu	で de	ど do
ば行	ば ba	び bi	ぶ bu	べ be	ぼ bo

平假名 半濁音 ⟨30⟩

　　半濁音只有5個假名,是「は行」右上角加上 「。」,其子音是「p」。

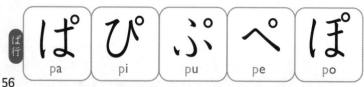

| ぱ行 | ぱ pa | ぴ pi | ぷ pu | ぺ pe | ぽ po |

うさぎ

u-sa-gi

兔子 兔

たまご

ta-ma-go

蛋 卵

いちご

i-chi-go

草莓 苺

てがみ

te-ga-mi

信 手紙

にじ

ni-ji

彩虹 虹

ひつじ

hi-tsu-ji

羊 羊

りんご

ri-n-go

蘋果 林檎

てんぷら

te-n-pu-ra

天婦羅 天ぷら

めがね

me-ga-ne

眼鏡

57

平假名 12 拗音

　　拗音是「い」段音加上小寫的「ゃ」、「ゅ」、「ょ」所構成的音，雖然寫成兩個字，但是讀一個音節。拼音方式類似中文注音的拼音方式。例如「きゃ」就是「き」＋「ゃ」的音。

　　雖然拗音看起來很多很嚇人，但是一探究竟之後，就會發現只是前面的假名的應用，舉一反三馬上就可以學起來的。

　　要注意的是拗音中的「ゃ」、「ゅ」、「ょ」是小字，**只有原來假名的一半大小。**

　　另外，拗音直寫與橫寫時，「ゃ」、「ゅ」、「ょ」**位置有些不同**，要特別留心。例如：

拗音表（平假名）

きゃ kya	きゅ kyu	きょ kyo
しゃ sha	しゅ shu	しょ sho
ちゃ cha	ちゅ chu	ちょ cho
にゃ nya	にゅ nyu	にょ nyo
ひゃ hya	ひゅ hyu	ひょ hyo
みゃ mya	みゅ myu	みょ myo
りゃ rya	りゅ ryu	りょ ryo
ぎゃ gya	ぎゅ gyu	ぎょ gyo
じゃ ja	じゅ ju	じょ jo
びゃ bya	びゅ byu	びょ byo
ぴゃ pya	ぴゅ pyu	ぴょ pyo

註 每個「拗音」算一個重音音節

きゃ	きゃ	きゅ	きゅ	きょ	きょ
しゃ	しゃ	しゅ	しゅ	しょ	しょ
ちゃ	ちゃ	ちゅ	ちゅ	ちょ	ちょ
にゃ	にゃ	にゅ	にゅ	にょ	にょ
ひゃ	ひゃ	ひゅ	ひゅ	ひょ	ひょ
みゃ	みゃ	みゅ	みゅ	みょ	みょ

りゃ	りゃ	りゅ	りゅ	りょ	りょ
ぎゃ	ぎゃ	ぎゅ	ぎゅ	ぎょ	ぎょ
じゃ	じゃ	じゅ	じゅ	じょ	じょ
びゃ	びゃ	びゅ	びゅ	びょ	びょ
ぴゃ	ぴゃ	ぴゅ	ぴゅ	ぴょ	ぴょ

きんぎょ

ki-n-gyo

金魚 金魚

しゃしん

sya-shi-n

照片 写真

じんじゃ

ji-n-ja

神社 神社

としょかん

to-syo-ka-n

圖書館 図書館

しんじゅく

shi-n-ju-ku

新宿 新宿

おちゃ

o-cha

茶（綠茶）お茶

りょかん

ryo-ka-n

旅館 旅館

ひゃくえん

hya-ku-e-n

一百元 百円

さんびゃくえん

sa-n-bya-ku-e-n

三百元 ３百円

13
促音

促音是指發音時**停頓一個音節，然後再唸其他的音。**

藉由「っ」、「ッ」（小寫字）來表示，只有一半假名大小。

電腦輸入日文的時候，打「ltu」，或是重複下一個字的子音（「きって」就是「kitte」），即可顯示。或是打「xtu」亦可。

きっぷ	ざっし	きっさてん	ろっぴゃく
ki-ppu	za-sshi	ki-ssa-te-n	ro-ppya-ku
車票 切符_{きっぷ}	雜誌 雜誌_{ざっし}	咖啡廳 喫茶店_{きっさてん}	600

發音練習

1 ┌ きって 郵票
  └ きて 來

3 ┌ せっけん 肥皂
  └ せけん 世間

2 ┌ しっか 失火
  └ しか 鹿

4 ┌ おっと 丈夫
  └ おと 聲響

長音是指字彙裡出現**兩個母音連在一起時**，將**前面一個音的母音音節拉長一倍發音**，如「おかあさん」（媽媽）。

字彙裡兩個母音連在一起，如下述的規則：

規則		單字	
あ 段音 母音是「**a**」的假名	✚ あ	おか̄あさん ka a	媽媽
い 段音 母音是「**i**」的假名	✚ い	おじ̄いさん ji i	爺爺
う 段音 母音是「**u**」的假名	✚ う	く̄うき ku u	空氣
え 段音 母音是「**e**」的假名	✚「え」或「い」	せい̄けん se i	政權
		おね̄えさん ne e	姊姊
お 段音 母音是「**o**」的假名	✚「お」或「う」	と̄おり to o	馬路
		ひこ̄うき ko u	飛機

註　あ段音：あかさたなはまやらわ…

　　い段音：いきしちにひみり／ぎじぢびぴ…

　　う段音：うくすつぬふむゆる…

　　え段音：えけせてねへめれ…

　　お段音：おこそとのほもよろ…

おばあさん	きいろ	れいぞうこ	ゆうがた
o-bā-sa-n	kī-ro	re-i-zo-u-ko	yū-ga-ta
奶奶 お婆さん	黃色 黃色	冰箱 冷蔵庫	傍晚 夕方

おおゆき	こうちゃ	きゅうり	ぎょうざ
ō-yu-ki	ko-u-chya	kyū-ri	gyo-u-za
大雪 大雪	紅茶 紅茶	小黃瓜	餃子

發音練習

1. くうき　空氣
   くき　植物的莖

2. おじいさん　爺爺
   おじさん　叔叔

3. せいけん　政權
   せけん　世間

4. とおり　大馬路
   とり　鳥

★ 本書長音標示方式：原則上長音以「ā, ī, ū, ē, ō」標示，但是「え段音＋い」以及「お段音＋う」則以原羅馬拼音方式標示，如「re-i-zo-u-ko」、「ko-u-cha」。

線路はつづくよ　どこまでも
鐵　路　綿　延　無　盡

線路はつづくよ　どこまでも

線路は続くよ　どこまでも

野を越え山越え　谷越えて

はるかな町まで　僕たちの

楽しい旅の夢　繋いでる

ララララララララ

ラララララララララ

ラララララララララ

ララララララ

ララララララララララララ

線路は歌うよ　いつまでも

列車の響きを　追いかけて

リズムに合わせて　僕たちも

楽しい旅の歌　歌おうよ

鐵路綿延無盡

穿越原野　越過高山　穿越山谷

到遙遠的城市

繫著我們愉快旅行的夢

啦啦啦……

鐵路無時都（在）歌唱

追著列車的笛響

和著調子

我們也唱起快樂旅行的歌吧！

Part 3
片假名

⌐	ア	ア	ア

a 阿→ ß →ア

「ア」源自「阿」左邊的部首「ß」的楷書字形；字音也與「阿」的音近似。

ア → 阿

ノ	イ	イ	イ

i 伊→イ→イ

「イ」的字形源自「伊」左邊的「イ」字旁；字音也相同。 「伊」/i/ 人。 イ → 伊

'	'	ウ	ウ	ウ

u 宇→⌒→ウ

「ウ」源自「宇」上方寶蓋頭「⌒」的楷書字形。官做大了，「烏」/u/ 紗帽多了前緣，平假名的「う」可沒有前緣哦，複習一下！ ウ → 宇

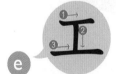

一	丁	エ	エ	エ

e 江→ユ→エ

「エ」的字形源自「江」的右邊的「工」，像倒下的英文字母「H」。
記憶口訣：A /e/「工」人。 エ → 工

一	十	オ	オ	オ

o 於→方→オ

「オ」源自「於」左邊的部首的「方」。「オ」字長得像中文的「才」
 哦 /o/！天「才」！ オ → オ

清音 **16** カ行 39

ka | カ | か
加→加→カ

フ	カ	カ	カ	

「カ」源自「加」左邊的「力」的楷書字形。片假名的「カ」，比平假名的「か」少了一點，而且比較剛直，寫的時候要注意哦！ カ→加

ki | キ | き
き→キ

一	二	キ	キ	キ

「キ」與平假名的「き」上半部相同。 キ→き

ku | ク | く
久→ク

ノ	ク	ク	ク	

片假名的「ク」是「久」左邊的楷書字形；而平假名的「く」，就是「久」右邊的字形。平假片假，一右一左。 「哭」/ku/ 很「久」。 ク→久

ke | ケ | け
欠→ケ

ノ	一	ケ	ケ	ケ

「ケ」長得像「欠」，少一畫，上面也沒勾下來。「欠」寫成「ケ」，你不是欠老師K嗎？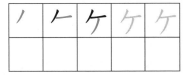 「欠」K！ ケ→欠

ko | コ | こ
己→己→コ

フ	フ	コ	コ	

「コ」的字形長得像是缺了左邊的「口」。 缺「口」/ko/。 コ→口

15

ア行
アイウエオ

16

カ行
カキクケコ

sa

サ　さ

散 → 艹 → サ

一	十	サ	サ	サ

「サ」像中文的「艹」字頭。平假名的「さ」長得像「菜刀」。「菜刀」殺 /sa/ 草（艹）！這樣平假名、片假名就一起記下來了！　サ → 艹

shi

シ　し

（三點水）→ シ

`	` `	シ	シ	シ

「シ」的平假名是「し」，長得像維他命「C」的「C」。
記憶口訣：多吃維他命「C」，就會「水水」的哦。　シ → C

su

ス　す

 → ス

フ	ス	ス	ス	

「ス」長得像一張摺疊椅，「ス」的平假名「す」的字源是「寸」，記憶口訣是「四寸」。平假片假一起記：「四 /su/ 寸」的「摺疊椅」。　ス →

se

セ　せ

世 → 世 → セ

一	セ	セ	セ	

「セ」和與平假名的「せ」都是取自「世」的部分筆畫，只是取的部位不同，不要弄錯了哦！　せ → 世

so

ソ　そ

曾 →  → ソ

`	ソ	ソ	ソ	

「ソ」源自「曾」上方的那兩筆「ソ」。「ソ」就是平假名「そ」的上半部的兩隻「手」/so/。　ソ → そ

a-i-su

冰冷；冰淇淋冰棒等冰品

オアシス

o-a-shi-su

綠洲

スイス

su-i-su

瑞士

キウイ

ki-u-i

奇異果

ココア

ko-ko-a

可可亞

エコ

e-ko

環保

（「エコロジー」的略語）

看羅馬音填填看

1 ko-ko-a ⬤⬤⬤

2 o-a-shi-su ⬤⬤⬤⬤

3 su-i-su ⬤⬤⬤

4 ki-u-i ⬤⬤⬤

5 a-i-su ⬤⬤⬤

6 e-ko ⬤⬤

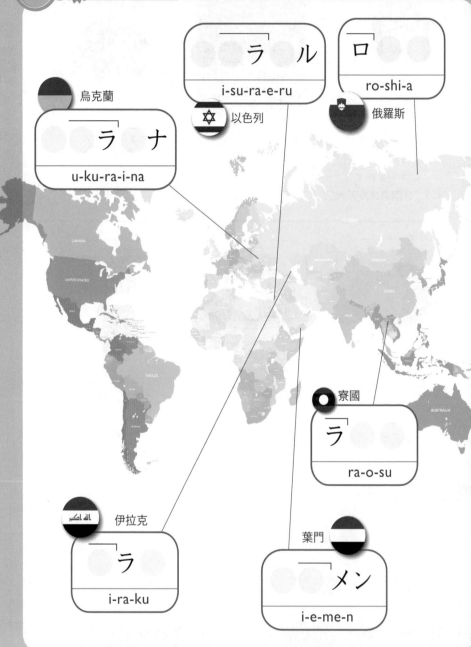

＿ラ＿ル
i-su-ra-e-ru
以色列

ロ＿＿
ro-shi-a
俄羅斯

烏克蘭
＿ラ＿ナ
u-ku-ra-i-na

寮國
ラ＿＿
ra-o-su

伊拉克
＿ラ＿
i-ra-ku

葉門
＿メン
i-e-me-n

74

按照ア～ソ的假名順序，把圖形畫出來

ノ	ク	タ	タ	タ

ta

た

夕陽 → 夕

「夕」長得像中文夕陽的「夕」，但是「夕」的筆畫要寫直。平假名的「た」（字源「太」）是「太」陽；片假名的「夕」是「夕」陽。
平假片假一起記成：「太」/ta/ 陽；「夕」陽。 夕 → 夕

一	二	チ	チ	チ

chi

ち

千 → 千 → チ

「チ」的字形源於自「千」。平假名的「ち」，字源聯想是「七」。
平假片假一起記成：「七 /chi/ 千」。 チ → 千

、	゛	ツ	ツ	ツ

tsu

つ

川 → ツ → ツ

「ツ」的字形源自中文的「川」。平假名的「つ」是河川轉一個大彎；片假名的「ツ」是河川有三條支流。平假片假一起記成：河川「轉大彎」後分成「三條支流」。
ツ → 川

一	二	テ	テ	テ

te

て

天 → テ

「テ」的字形源自中文的「天」，取「天」的部分筆畫，發音也和「天」雷同。
テ → 天

丨	ト	ト	ト	ト

to

と

ト → ト

「ト」長得像中文的「卜」。 偷偷 /to/ 去「卜」卦。 ト → 占「止」

清音 19 ナ行 44

na

な

奈 → ナ

一	ナ	ナ	ナ	

「ナ」的字形源自中文的「奈」，取「奈」的前兩畫，字音也近似。
「ナ」也是平假名「な」的前兩畫。 ナ → 奈

ni

に

仁 → ニ

一	二	二	二	

「ニ」的字形源自中文「仁」右邊的「二」，是平假名「に」的右邊兩畫。
ニ → 仁

nu

ぬ

奴 → ㄨ → ヌ

フ	ヌ	ヌ	ヌ	

「ヌ」的字形源自「奴」右邊的「又」，發音也和「奴」相似。
注意，日文「ヌ」中間一點比較短，不要寫錯了哦。 ヌ → 奴

ne

ね

祢 → ネ

`	ラ	ネ	ネ	ネ
ネ				

「ネ」和中文的字部「ネ」首長得一樣。 📖 內 /ne/「示」鏡。
ネ → 祢

no

の

乃 → 乃 → ノ

ノ	ノ	ノ		

「ノ」源自中文的「乃」的左邊一撇。要注意「ノ」是一撇，而不是一豎喔。
ノ → 乃

ha

は

八→ハ

ノ	ハ	ハ	ハ	ハ

「ハ」字形長得像中文的「八」。記憶口訣：哈 /ha/「巴」狗。　ハ → 八

hi

ひ

比→ヒ→ヒ

一	ヒ	ヒ	ヒ	

「ヒ」長得很像「匕」首的「匕」。平假名的「ひ」長得像下巴長鬍子。
平假片假一起記成：用「匕」首剃「鬍子」。　ヒ → 匕

fu

ふ

不→ふ→フ

フ	フ	フ		

「フ」採自中文「不」的上半部，字音也和「不」相近。　フ → 不

he

へ

ㄟ→へ

へ	へ	へ		

「へ」的字形和字音都和注音符號「ㄟ」很雷同。「へ」與平假名同形。　へ → 部

ho

ほ

保→木→ホ

一	ナ	オ	ホ	ホ
ホ				

「ホ」長得很像中文的「木」，但是要注意，「ホ」下面兩撇沒有和中間連起來哦。
平假名的「ほ」的字源聯想是「活」，平假片假一起記成：活木。　ホ → 木

テスト

te-su-to
考試

コスト

ko-su-to
成本

テキスト

te-ki-su-to
教科書

ナイフ

na-i-fu
刀子

ネクタイ

ne-ku-ta-i
領帶

テニス

te-ni-su
網球

看羅馬音填填看

1 te-ni-su ◯◯◯

2 ko-su-to ◯◯◯

3 te-ki-su-to ◯◯◯◯

4 na-i-fu ◯◯◯

5 ne-ku-ta-i ◯◯◯◯

6 te-su-to ◯◯◯

練習 1 國名填填看 47

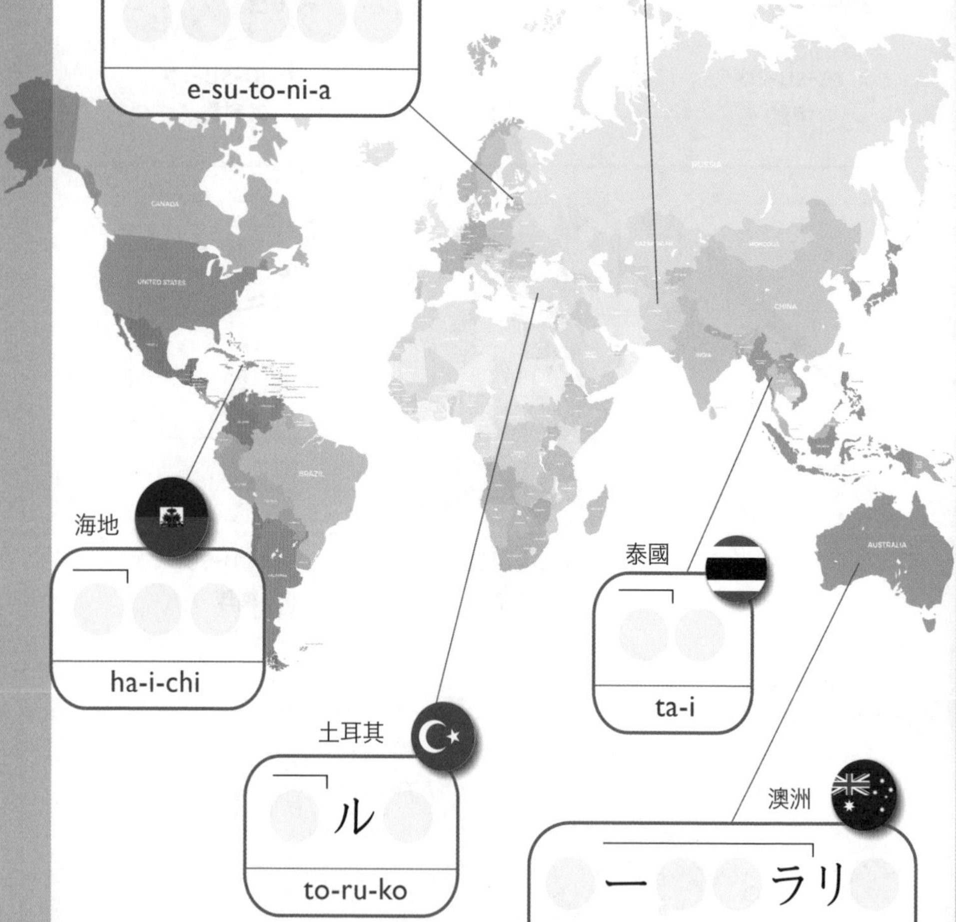

阿富汗
○○ガ○○○ン
a-fu-ga-ni-su-ta-n

愛沙尼亞
○○○○○
e-su-to-ni-a

海地
○○○
ha-i-chi

泰國
○○
ta-i

土耳其
○ル○
to-ru-ko

澳洲
○ー○○ラリ○
ō-su-to-ra-ri-a

練習 2

按照タ～ホ的 假名 順序，把 圖形 畫出來

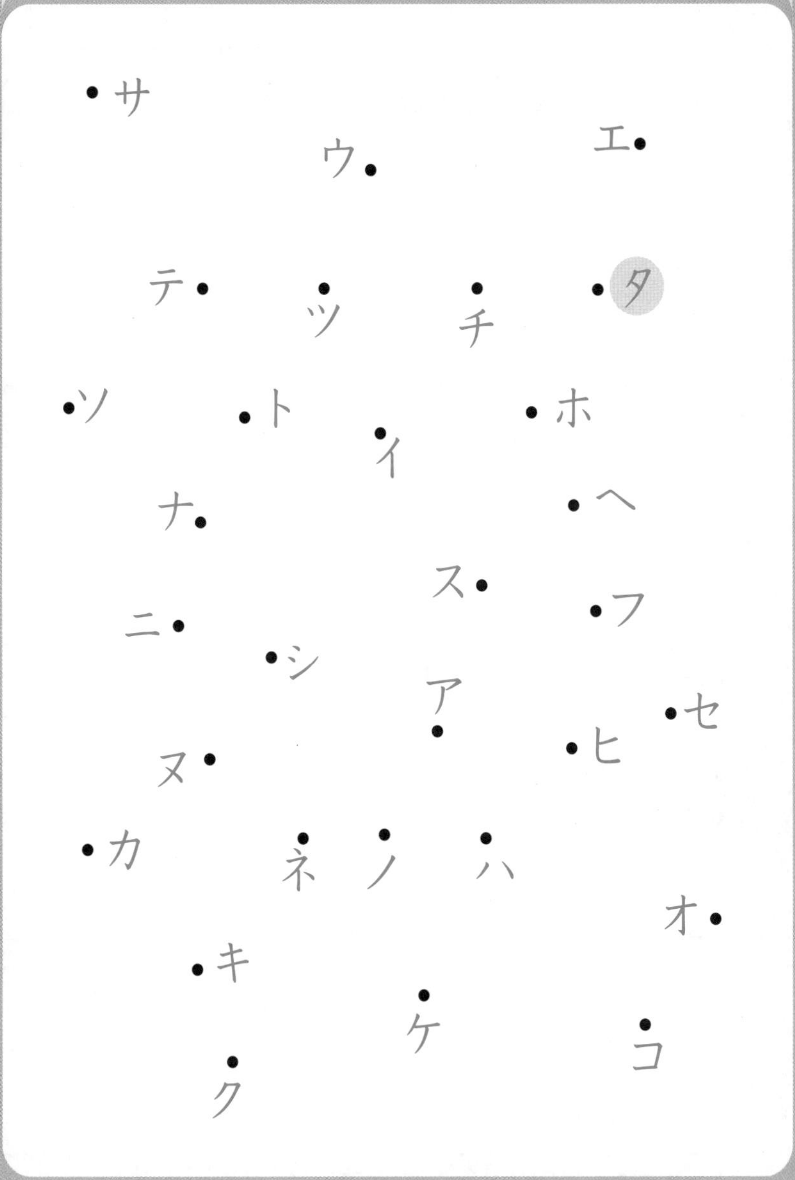

サ

ウ

エ

テ　　　ツ　　　チ　　　タ

ソ　　　ト　　　　　　　ホ
　　　　　　イ
　　　ナ　　　　　　　　ヘ
　　　　　　　　　　　　フ
ニ　　　　　ス
　　　　シ　　　ア
ヌ　　　　　　　　ヒ　　セ

カ　　　ネ　ノ　ハ　　　オ
　　　キ　　　　　　　　コ
　　　　　ケ
　　　　ク

フ	マ	マ	マ	

ma　勇→マ

「マ」長得像中文「勇」的上半部；平假名的「ま」長得像馬。
📖 「馬」很「勇」敢。 マ → 勇

ˎ	ˎˎ	彡	彡	彡

mi　三→ミ

「ミ」源自中文的「三」，字形像歪歪斜斜的三。平假名的「み」字源自「美」。
📖 「三美」/mi/ 圖。 ミ → 美

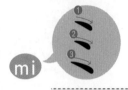

乚	ム	ム	ム	

mu　牟→ム

「ム」字長像注意符號的「ム」。📖 母 /mu/ 獅（ム）。 ム → ム

ノ	メ	メ	メ	

me　女→メ

「メ」源自「女」的右下半部。📖 美 /me/ 女。 メ → 女

一	ニ	モ	モ	モ

mo　毛→モ

「モ」字形取自「毛」的中間筆畫。 モ → 毛

清音 22 ヤ行

49

ヤ ya

や

也→也→ヤ

「ヤ」的字形源自「也」，「ヤ」和平假名的「や」近似，寫的時候要剛直一點。

ヤ → 也

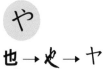

ユ yu

ゆ

由→由→ユ

「ユ」字形源自「由」，是取「由」的中下半部筆畫。 ユ → 由

ヨ yo

よ

E→左旋→ヨ

將英文字母 **E** 反過來就是「ヨ」了。 「優」/**yo**/ 質左旋維他命「**E**」。

ヨ → E

充電站

日文的標點符號位置，與中文好像不一樣？

日文標點符號在文中的位置與中文不同。中文標點符號置中，而日文是偏底下，如：

私は学生です。（我是學生。）

另外，日文的「問號」使用與中文有些差異。日文有**「か」**這個助詞表示疑問，所以即使是在「疑問句」結尾也是用「句號」。不過，受到外文的影響，也開始慢慢普遍使用問號。

（注意：日文中「頓號」等同中文的「逗號」功能。）

ra　ラ　ら　良 → ラ

⁻	ラ	ラ	ラ	

「ラ」源自中文「良」的前兩畫，「奈良」發音「na-ra」，片假「ナ」、「ラ」一起記。

ri　リ　り　利 → リ

l	リ	リ	リ	

「リ」的字形源自「利」的右邊的「刂」。與平假名的「り」不同的是，片假名的「リ」兩豎要拉直。　リ → 利

ru　ル　る　流 → ル

ノ	ル	ル	ル	

「ル」的很像注音符號的「ㄦ」。「露」/ru/「耳」（ㄦ）朵。平假名的「る」是露肚臍，片假名的「ル」就是露兩片「耳」朵。　ル → ㄦ

re　レ　れ　礼 → レ

レ	レ	レ		

「レ」字形源自「礼」的右半部，發音也和「礼」相近。「レ」長得像打勾的符號，但是寫的時候尾巴不要翹得太高。　レ → 礼

ro　ロ　ろ　呂 → ロ

l	⼍	ロ	ロ	ロ

「ロ」取自字源的「呂」字上半部的「口」。「漏」/ro/「口」風。
ロ → 口

清音 **24** ワ行

wa ワ
口 → ワ

l	ワ	ワ	ワ	

「ワ」字長得像注音符號的「ㄇ」長了腳。　ワ → 和

o ヲ
乎 → ヲ

ー	ニ	ヲ	ヲ	ヲ

「ヲ」在現代日文中不容易見到，可以在較舊的日文文章中見到。　ヲ → 乎

鼻音

n ン
尓 → 尔 → ン

、	ン	ン	ン	

「ン」和中文部首的「ン」長得很相似。　ン → ン

充電站

電腦輸入「ん」時要打「nn」還是「n」？

　　輸入時要打「nn」，因為如果只打「n」，碰到「な行」或是「ん」出現在單字最後一個字時，會產生打錯字的問題。但是如果沒有碰到「な行」，只打「n」也會出現「ん」。

　　例如：電車(でんしゃ)　→　densha → でんしゃ

　　　　　新幹線(しんかんせん)　→　sinkansenn → しんかんせん

52

 ham

 tomato

 milk

 ハム
ha-mu
火腿

トマト
to-ma-to
番茄

ミルク
mi-ru-ku
牛奶

 camera

 toilet

 wine

 カメラ
ka-me-ra
相機

トイレ
to-i-re
廁所

ワイン
wa-i-n
葡萄酒；洋酒

看羅馬音填填看

1 ha-mu ◯◯

2 wa-i-n ◯◯◯

3 to-i-re ◯◯◯

4 ka-me-ra ◯◯◯

5 mi-ru-ku ◯◯◯

6 to-ma-to ◯◯◯

加分字彙 (53)

クリスマス
ku-ri-su-ma-su

聖誕節

カラオケ
ka-ra-o-ke

卡拉OK

レストラン
re-su-to-ra-n

餐廳

ホテル
ho-te-ru

飯店

フロント
fu-ro-n-to

接待前檯

タオル
ta-o-ru

毛巾

ハンカチ
ha-n-ka-chi

手帕
（「ハンカチーフ」的略語）

レモン
re-mo-n

檸檬

メロン
me-ro-n

哈密瓜

オムレツ
o-mu-re-tsu

歐姆蛋

カクテル
ka-ku-te-ru

雞尾酒

マラソン
ma-ra-so-n

馬拉松

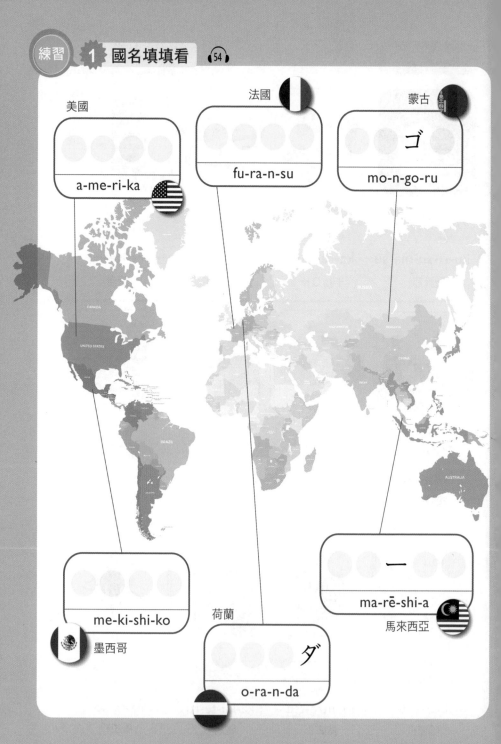

美國
a-me-ri-ka

法國
fu-ra-n-su

蒙古
ゴ
mo-n-go-ru

me-ki-shi-ko
墨西哥

荷蘭
ダ
o-ra-n-da

ー
ma-rē-shi-a
馬來西亞

練習 2

按照マ～ン的假名順序，把圖形畫出來

濁音是前面學到的「カ行、サ行、タ行、ハ行」等清音假名，在**右上角添加兩點「"」**就成了濁音。

半濁音只有5個假名，是「ハ行」右上角加上「。」，其子音是「p」。

25

濁音・半濁音

Canada

カナダ

ka-na-da

加拿大

コンビニ

ko-n-bi-ni

超商

orange

オレンジ

o-re-n-ji

柳橙

fried potato

フライドポテト

fu-ra-i-do-po-te-to

炸馬鈴薯；薯條

tapioca

タピオカ

ta-pi-o-ka

粉圓；珍珠奶茶
「タピオカミルクティー」的略稱

glas

ガラス

ga-ra-su

玻璃

piano

ピアノ

pi-a-no

鋼琴

belt

ベルト

be-ru-to

皮帶

pão

パン

pa-n

麵包

26 拗音 ⑤⑧

片假名的拗音是「い」段音，加上小寫的「ャ」、「ュ」、「ョ」所構成的音。

拗音表（片假名）

キャ kya	キュ kyu	キョ kyo
シャ sha	シュ shu	ショ sho
チャ cha	チュ chu	チョ cho
ニャ nya	ニュ nyu	ニョ nyo
ヒャ hya	ヒュ hyu	ヒョ hyo
ミャ mya	ミュ myu	ミョ myo
リャ rya	リュ ryu	リョ ryo
ギャ gya	ギュ gyu	ギョ gyo
ジャ ja	ジュ ju	ジョ jo
ビャ bya	ビュ byu	ビョ byo
ピャ pya	ピュ pyu	ピョ pyo

キャ	キャ	キュ	キュ	キョ	キョ
シャ	シャ	シュ	シュ	ショ	ショ
チャ	チャ	チュ	チュ	チョ	チョ
ニャ	ニャ	ニュ	ニュ	ニョ	ニョ
ヒャ	ヒャ	ヒュ	ヒュ	ヒョ	ヒョ
ミャ	ミャ	ミュ	ミュ	ミョ	ミョ

リャ	リャ	リュ	リュ	リョ	リョ
ギャ	ギャ	ギュ	ギュ	ギョ	ギョ
ジャ	ジャ	ジュ	ジュ	ジョ	ジョ
ビャ	ビャ	ビュ	ビュ	ビョ	ビョ
ピャ	ピャ	ピュ	ピュ	ピョ	ピョ

26
拗音

cabbage

white shirt

jam

juice

キャベツ
kya-be-tsu
高麗菜

ワイシャツ
wa-i-sha-tsu
白襯衫

ジャム
ja-mu
果醬

ジュース
jū-su
果汁

mansion

cambodia

chocolate

news

マンション
ma-n-sho-n
公寓

カボチャ
ka-bo-cha
南瓜

チョコレート
cho-ko-rē-to
巧克力

ニュース
nyū-su
新聞

gamble

jogging

Cuba

computer

ギャンブル
gya-n-bu-ru
賭博

ジョギング
jo-gi-n-gu
慢跑

キューバ
kyū –ba
古巴

コンピューター
ko-n-pyū –tā
電腦

★「一」為長音，請見P. 97

促音是指**發音時停頓一個音節**，然後再唸其他的音。
藉由「ッ」（**小寫字**）來表示，只有一半假名大小。

「キッチン」

ki-cchi-n

廚房

「バッグ」

ba-ggu

包包

「コップ」

ko-ppu

杯子

「トラック」

to-ra-kku

貨車

「ネット」

ne-tto

網路

「ベッド」

be-ddo

床

「ペット」

pe-tto

寵物

「スリッパ」

su-ri-ppa

拖鞋

長音是指字彙裡出現兩個母音連在一起時，將前面一個音的母音音節拉長一倍發音，**片假名的長音以「一」來表**示，例如：「ケーキ」（蛋糕）。只要按鍵盤中的「一」鍵，就可以打出片假名的長音符號「一」。

cooler

cake

sauce

taxi

クーラー
kū -rā
冷氣

ケーキ
kē -ki
蛋糕

ソース
sō-su
（西餐的）醬

タクシー
ta-ku-shī
計程車

curtain

skirt

note

coffee

カーテン
kā-te-n
窗簾

スカート
su-kā-to
裙子

ノート
nō-to
筆記

コーヒー
kō-hī
咖啡

除了前面的拗音之外，在日文的外來語中還會看到像是「ウェ」、「フォ」、「ファ」等等的特殊音。這些音都是為了更精準地拼出外國語音而演變出來的。

這些特殊音通常將**小寫**（只有正常片假名的一半大小）的「ァ」、「ィ」、「ェ」、「ォ」**加上其他的假名**，以類似「拗音」的拼音法，拼出這些特殊音。

常見的特殊音如下：

ウィ wi	ウェ we	ウォ wo		
ヴァ va	ヴィ vi	ヴ vu	ヴェ ve	ヴォ vo
クァ kwa	グァ gwa	シェ she	ジェ je	
スィ si	ズィ zi	チェ che		
ツァ tsa	ツェ tse	ツォ tso		
ティ ti	ディ di	デュ dyu		
ファ fa	フィ fi	フェ fe	フォ fo	

ノルウェー

no-ru-wē

挪威

ウォーター

wō-tā

水

シェフ

she-fu

主廚

グァバ

gwa-ba

芭樂

チェス

che-su

西洋棋

パーティー

pā-tī

宴會

ミディアム

mi-di-a-mu

中間程度；肉五分熟

ソファー

so-fā

沙發

ジェット
コースター

je-tto-kō-su-tā

雲霄飛車《(和)jet＋coaster》

サーフィン

sā-fi-n

衝浪

カフェ

ka-fe

咖啡廳

フォーク

fō-ku

叉子

99

きらきら星

きらきら光る お空の星よ

瞬きしては みんなを見てる

きらきら光る お空の星よ

きらきら光る お空の星よ

みんなの歌が 届くといいが

きらきら光る お空の星よ

閃閃發亮 天上的星星啊

眨著眼睛 看著我們

閃閃發亮 天上的星星啊

閃閃發亮 天上的星星啊

（希望）大家的歌聲如果能傳到（星星那裡）就好了

閃閃發亮 天上的星星啊

Part 4
進階篇

學完五十音學什麼？

おはよう （ございます）。

早安。

加上「ございます」表示更為尊敬。

こんにちは。

午安。

接近中午，或
中午以後都可
以說。

こんばんは。

晚安。

只要是入夜後
都可以說。

★ 2 3 的「は」
是助詞，讀作「wa」。

お休 み(なさい)。

晚安。

睡覺前，或當天晚上兩人不會再碰面，
要分開時可以說這句話。

さよ(う)なら。

再見。

「さようなら」的「再見」帶有「永別；珍重再
見」的含意，會用在長時間不會再見面，或像是
戀人之間分手的情境等等。

如果是朋友之間不太拘謹的場合，可以使用「バイ
バイ」、「じゃあね」、「またね」等等。

66

30
招呼語

6 （どうも）ありがとう（ございます）。

謝謝。

「どうも」、「ございます」都可以省略。

日文越長就表示越尊敬。

所以為了表示客氣或是尊敬，

可以說「どうも　あり
がとう　ございます」。

也可以用過去式
「どうも　ありがとう
ございました」。

7 いいえ（どうい
たしまして。）

不客氣。

常用「いえい
え」，或是「いえ
いえ、大<ruby>大<rt>たい</rt></ruby>したこと
ないです」、「い
えいえ、気<ruby>気<rt>き</rt></ruby>にしな
いでください」等
等說法取代。

8 すみません。　　　　ごめん（なさい）。

對不起。　　　　　　　　**抱歉。**

「すみません」、「ごめんなさい」同樣表示歉意，但是「すみませ
ん」是對長輩，或是關係不親近者使用；而「ごめんなさい」則是對
平輩、晚輩，或是關係親近者使用。

另外，「すみません」也會使用在表達感謝之意時，
「ごめんなさい」則不能用來表示感謝之意。

9 どうぞ。

請。

⑩ 失礼します。

打擾了；告辭；再見。

進入他人家中、房間、辦公室等場所時使用。

要離開某場所或是掛電話、跟別人借過等等情境

也可以使用。

⑪ じゃ、また あした。

那麼明天見。

平常兩人分開時說的話。

じゃ、また 来週。

那麼下禮拜見。

⑫ ちょっと 待って ください。

請等一下。

いただきます。 ⑬

開動了。

⑭ ごちそうさま。

謝謝您的

招待；

我吃飽了。

⑮

いってらっしゃい。 慢走。

いってきます。

我出去囉。

⑯

お帰^{かえ}り（なさい）。

歡迎回家。

ただいま。

我回來了。

⑰

お誕生日^{たんじょうび}、
おめでとう
（ございます）。

生日快樂。

ありがとう
（ございます）。

謝謝！

⑱

初^{はじ}めまして、黄^{こう}です。
どうぞ、よろしく
お願^{ねが}いします。

初次見面，敝姓黃。
請多多指教。

鈴木^{すずき}です。
こちらこそ、
どうぞ、よろしく。
お願^{ねが}いします。

敝姓鈴木。
也請您多多指教。

107

數字

0	10
れい・ゼロ	じゅう

1	11
いち	じゅういち

2	12
に	じゅうに

3	13
さん	じゅうさん

4	14
よん・し	じゅうよん・じゅうし

5	15
ご	じゅうご

6	16
ろく	じゅうろく

7	17
なな・しち	じゅうなな・じゅうしち

8	18
はち	じゅうはち

9	19
きゅう・く	じゅうきゅう・じゅうく

(70)

100	ひゃく
20	にじゅう
200	にひゃく
30	さんじゅう
300	さんびゃく
40	よんじゅう
400	よんひゃく
50	ごじゅう
500	ごひゃく
60	ろくじゅう
600	ろっぴゃく
70	ななじゅう・しちじゅう
700	ななひゃく
80	はちじゅう
800	はっぴゃく
90	きゅうじゅう
900	きゅうひゃく

電話 (71)
2365-9739

2	3	6	5	–	9	7	3	9
に	さん	ろく	ご	の	きゅう	なな	さん	きゅう

註 「–」在這裡日文要讀作「の」。另外，因為韻律的關係，這裡的「2」、「5」會拉長一拍。

1,000	10,000
せん	いちまん

2,000	20,000
にせん	にまん

3,000	30,000
さんぜん	さんまん

4,000	40,000
よんせん	よんまん

5,000	50,000
ごせん	ごまん

6,000	60,000
ろくせん	ろくまん

7,000	70,000
ななせん	ななまん

8,000	80,000
はっせん	はちまん

9,000	90,000
きゅうせん	きゅうまん

1000,000
じゅうまん

10,00,000
ひゃくまん

73

じかん
時間

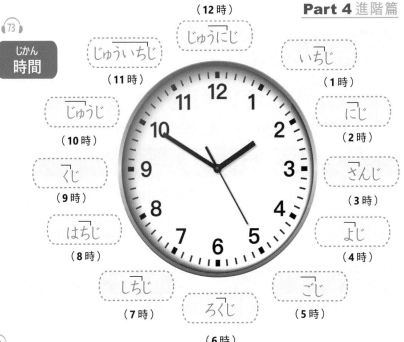

（12時）じゅうにじ

（11時）じゅういちじ

（10時）じゅうじ

（9時）くじ

（8時）はちじ

（7時）しちじ

（6時）ろくじ

（1時）いちじ

（2時）にじ

（3時）さんじ

（4時）よじ

（5時）ごじ

74

1分 いっぷん	11分 じゅういっぷん	10分 じゅっぷん
2分 にふん	12分 じゅうにふん	じっぷん
3分 さんぷん	13分 じゅうさんぷん	20分 にじゅっぷん
4分 よんぷん	14分 じゅうよんぷん	にじっぷん
5分 ごふん	15分 じゅうごふん	30分 さんじゅっぷん
6分 ろっぷん	16分 じゅうろっぷん	さんじっぷん
7分 ななふん	17分 じゅうななふん	40分 よんじゅっぷん
8分 はちふん	18分 じゅうはちふん	よんじっぷん
はっぷん	じゅうはっぷん	50分 ごじゅっぷん
9分 きゅうふん	19分 じゅうきゅうふん	ごじっぷん
		60分 ろくじゅっぷん
		ろくじっぷん
		半　はん

日・曜日 (日期・星期)

なんがつ?

1月	2月	3月	4月	5月	6月	7月
いちがつ	にがつ	さんがつ	しがつ	ごがつ	ろくがつ	しちがつ

8月	9月	10月	11月	12月	?
はちがつ	くがつ	じゅうがつ	じゅういちがつ	じゅうにがつ	なんがつ?

なんようび?

日曜日	月曜日	火曜日	水曜日	木曜日	金曜日	土曜日
にちようび	げつようび	かようび	すいようび	もくようび	きんようび	どようび

一日	ついたち	十一日	じゅういちにち	二十一日	にじゅういちにち
二日	ふつか	十二日	じゅうににち	二十二日	にじゅうににち
三日	みっか	十三日	じゅうさんにち	二十三日	にじゅうさんにち
四日	よっか	十四日	じゅうよっか	二十四日	にじゅうよっか
五日	いつか	十五日	じゅうごにち	二十五日	にじゅうごにち
六日	むいか	十六日	じゅうろくにち	二十六日	にじゅうろくにち
七日	なのか	十七日	じゅうしちにち じゅうななにち	二十七日	にじゅうしちにち にじゅうななにち
八日	ようか	十八日	じゅうはちにち	二十八日	にじゅうはちにち
九日	ここのか	十九日	じゅうくにち	二十九日	にじゅうくにち
十日	とおか	二十日	はつか	三十日	さんじゅうにち
				三十一日	さんじゅういちにち
				何 日	なんにち

112

しゅくじつ
祝日（國定假日） 🎧 77

いちがつ
1月

しょうがつ
（お）正月（正月）

ついたち　がんじつ
● 　1日　元日

だい　げつようび　せいじん　　ひ
● 第2月曜日　成人の日（成人之日）

にがつ
2月

じゅういちにち　けんこくきねん　　ひ
● 　11日　建国記念の日（建國紀念日）

にじゅうさんにち　てんのうたんじょうび
● 　23日　天皇誕生日　（天皇生日）

さんがつ
3月

はつか　しゅんぶん　ひ
● 　20日　春分の日
　　　　　（春分・大約在20日）

しがつ
4月

にじゅうくにち　しょうわ　　ひ
● 　29日　昭和の日（昭和之日）

ゴールデンウィク（黃金周）

ごがつ
5月

みっか　けんぽうきねんび
● 3日　憲法記念日　（憲法紀念日）

よっか　　　　　　　ひ
● 4日　みどりの日（綠化節）

いつか　　　　　　　ひ
● 5日　こどもの日（兒童節）

しちがつ
7月

だい　げつようび　うみ　　ひ
● 第3月曜日　海の日
　　　　　　　（海之日）

はちがつ
8月

じゅういちにち　やま　ひ
● 　11日　　山の日
　　　　　　　（山之日）

じゅうごにち　　　　ぼん
● 　15日　お盆
（盂蘭盆節・大約在8月13日~
16日，不是國定假日）

くがつ
9月

だい　げつようび　けいろう　　ひ
● 第3月曜日　敬老の日（敬老日）

にじゅうさんにち　しゅうぶん　ひ
● 　23日　　秋分の日
　　　　　　（秋分・大約在23日）

じゅうがつ
10月

だい　げつようび　たいいく　ひ
● 第2月曜日　体育の日（體育節）

じゅういちがつ
11月

みっか　　ぶんか　　ひ
● 3日　文化の日　（文化節）

にじゅうさんにち　きんろうかんしゃ　　　ひ
● 　23日　　勤労感謝の日
　　　　　　　（勤勞感謝節）

A: いくら ですか。★ (多少錢？)
i-ku-ra　de-su-ka

B: ごひゃくにじゅう
520 円 です。 (520日圓)
go-hya-ku-ni-jū　　e-n　de-su

ろっぴゃくじゅうよ ★ 614 ro-ppya-ku- jū-yo 614（日圓）	せんごじゅう 1,050 se-n-go- jū 1,050（日圓）	よんせんさんびゃく 4,300 yo-n-se-n-sa-n-bya-ku 4,300（日圓）
ごまんななせん 57,000 go-ma-n-na-na-se-n 57,000（日圓）	はっせんよんひゃくはちじゅう 8,480 ha-sse-n-yo-n-hya -ku-ha-chi-jū 8,480（日圓）	ぜい こ　　　　さんぜん 税込みで 3,000 ze-i-ko-mide　sa-n-ze-n 含稅3,000（日圓）

★「數字＋円」的說法

4円	→	よえん	x しえん
			x よんえん
7円	→	ななえん	x しちえん
9円	→	きゅうえん	x くえん
14円	→	じゅうよえん	x じゅうしえん
			x じゅうよんえん
17円	→	じゅうななえん	x じゅうしちえん
19円	→	じゅうきゅうえん	x じゅうくえん

★
「か」表示疑問的助詞，
發音近似「ga」而不是
「ka」。

「です」是斷定助動詞。

日本貨幣

まんえん 1 万円 一萬元	せんえん 5 千円 五千元	せんえん 千円 一千元

（註：日本面額一萬、五千、一千紙鈔將進行改版，於 2024 年 7 月 3 日正式發行。）

えん 500 円 五百元	えん 100 円 一百元	えん 50 円 五十元

えん 10 円 十元	えん 5 円 五元	えん 1 円 一元

こうか　こぜに 硬貨／小銭 硬幣／零錢	へい　　さつ 紙幣／お札 紙幣／紙鈔

これ　を　ひとつ　ください
ko-re　o　hi-to-tsu　ku-da-sa-i

(請給我一份這個。)

しお
塩ラーメン
shi-o-rā-me-n
鹽味拉麵

カレーうどん
ka-rē-u-do-n
咖哩烏龍麵

ぎょう　ざ
餃子
gyo-u-za
（煎）餃子

ひとつ hi-to-tsu	一個； 一份	むっつ mu-ttsu	六個； 六份
ふたつ fu-ta-tsu	二個； 一份	ななつ na-na-tsu	七個； 七份
みっつ mi-ttsu	三個； 三份	やっつ ya-ttsu	八個； 八份
よっつ yo-ttsu	四個； 四份	ここのつ ko-ko-no-tsu	九個； 九份
いつつ i-tsu-tsu	五個； 五份	とお tō	十個； 十份

Q: いらっしゃいませ 何名様 ですか。 （歡迎光臨，請問幾位？）
i-ra-ssha-i-ma-se　　　　na-n-me-i-sa-ma　de-su-ka

A: ふたり　　　　です。 （兩位）
fu-ta-ri　　　　de-su

ひとり 一個人
hi-to-ri

ふたり 二個人
fu-ta-ri

さんにん 三個人
sa-n-ni-n

よにん 四個人
yo-ni-n

ごにん 五個人
go-ni-n

ろくにん 六個人
ro-ku-ni-n

しちにん・ななにん 七個人
shi-chi-ni-n ・ na-na-ni-n

はちにん 八個人
ha-chi-ni-n

きゅうにん・くにん ★ 九個人
kyū-ni-n ・ ku-ni-n

じゅうにん 十個人
jū-ni-n

★「きゅうにん」比較常使用。

117

バス
ba-su
で 行きます。 （利用公車前往。）
de i-ki-ma-su

ひこうき
hi-ko-u-ki
飛機

フェリー
fe-rī
渡船

ふね
fu-ne
船

バイク
ba-i-ku
摩托車

タクシー
ta-ku-shī
計程車

バス
ba-su
公車

でんしゃ
de-n-sha
電車

じてんしゃ
ji-te-n-sha
腳踏車

じどうしゃ
ji-do-u-sha
汽車

くるま
ku-ru-ma
車子

しんかんせん
shi-n-ka-n-se-n
新幹線（高速鐵路）

水
みず
mi-zu

を ください
o　ku-da-sa-i

(請給我水)

オレンジジュース
o-re-n-ji-jū-su
柳橙汁

コーラ／ソーダ
kō-ra/sō-da
可樂／汽水

ビール
bī-ru
啤酒

ハイボール
ha-i-bō –ru
威士忌調酒（威士忌 ＋ 蘇打水）

りんごサワー
ri-n-go-sa-wā
蘋果沙瓦
（蒸餾酒類＋蘇打水＋蘋果汁）

レモンハイ
re-mo-n-ha-i
檸檬燒酒調酒
（燒酒＋檸檬蘇打水）

ペン は★ ありますか。
pe-n wa a-ri-ma-su-ka

(有筆嗎?)

ペン
pe-n
筆

はがき
ha-ga-ki
明信片

爪切り
つめ き
tsu-me-ki-ri
指甲剪

ティッシュ
ti-sshu
面紙

携帯充電器
けい たいじゅうでん き
ke-i-ta-i-jū-de-n-ki
手機充電器

地図
ち ず
chi-zu
地圖

★ 此處的「は」是助詞,讀作「wa」。

これ を 買いたいの ですが。 (我想買這個)
ko-re o ka-i-ta-i-no de-su-ga

ドライヤー
do-ra-i-yā
吹風機

掃除機
so-u-ji-ki
吸塵器

カメラ
ka-me-ra
相機

電池
de-n-chi
電池

ふりかけ
fu-ri-ka-ke
香鬆

あぶらとり紙
a-bu-ra-to-ri-ga-mi
吸油面紙

フィギュア
fi-gyu-a
公仔

目薬
me-gu-su-ri
眼藥水

頭痛薬
zu-tsū -ya-ku
頭痛藥

お土産
o-mi-ya-ge
伴手禮

胃腸薬
i-cho-u-ya-ku
胃腸藥

Q:

くろ
ku-ro

の は ありますか。
no wa a-ri-ma-su-ka

(有黑色的嗎？)

しろ
shi-ro
白色

あか
a-ka
紅色

あお
a-o
藍色

ちゃいろ
cha-i-ro
茶色

きいろ
kī-ro
黃色

みどり
mi-do-ri
綠色

ピンク
pi-n-ku
粉紅色

むらさきいろ
mu-ra-sa-ki-i-ro
紫色

オレンジいろ
o-re-n-ji-i-ro
橘色

グレー
gu-rē
灰色

もっと 大きい
mo-tto ō-kī
大一點的

もっと 小さい
mo-tto chī-sa-i
小一點的

87

| チェックイン
che-kku-i-n | お願<ruby>ねが</ruby>いします。
o-ne-ga-i-shi-ma-su | (麻煩您‧我要～。
／請您給我～) |

旅客

チェックイン che-kku-i-n 住房	チェックアウト che-kku-a-u-to 退房	ランドリーサービス ra-n-do-rī-sā-bi-su 洗衣服務
モーニング コール mō-ni-n-gu-kō-ru 晨喚服務	ルーム サービス rū-mu-sā-bi-su 客房服務	朝食券<ruby>ちょうしょくけん</ruby>‧領収書<ruby>りょうしゅうしょ</ruby> cho-u-syo-ku-ke-n ryo-u-shū-syo 早餐券‧收據

服務員

| サイン
sa-i-n
簽名 | 名前<ruby>なまえ</ruby>‧住所<ruby>じゅうしょ</ruby>
na-ma-e‧jū-syo
姓名‧地址 | パスポート
pa-su-pō-to
護照 |

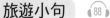
あたら
新しい
a-ta-ra-shī

タオル
ta-o-ru

か
に 換えて ください。
ni ka-e-te ku-da-sa-i

(請換成新的毛巾)

ふ とん まくら
布団・枕
fu-to-n・ma-ku-ra

被子・枕頭

もう ふ
毛布
mo-u-fu

毯子

シーツ
shī-tsu

床單

タオル
ta-o-ru

毛巾

ボディシャンプー
bo-dyi-sha-n-pū

沐浴乳

シャンプー・リンス
sya-n-pū・ri-n-su

洗髮精・潤髮乳

せっ
石けん
se-kke-n

肥皂

ゆかた
浴衣
yu-ka-ta

浴衣

へや
部屋
he-ya

房間

アーリーチェックイン は できますか。(可以提早辦理住房嗎？)
ā-rī-che-kku-i-n　　wa　de-ki-ma-su-ka

アーリーチェックイン
ā-rī-che-kku-i-n

提早辦理住房

レイトチェックイン
re-i-to-che-kku-i-n

延後辦理住房

こ　　　　そ　ね
子どもと 添い寝
ko-do-mo　to　so-i-ne

大人小孩同房共床

ぜいきん　はら　もど
税金の払い戻し
ze-i-ki-n-no-ha-ra-i-mo-do-shi

退稅

よ　やく
予約
yo-ya-ku

預訂（飯店、餐廳、車位……）

に　もつ　　　　　　　あず
荷物 を 預けたい です。(我想寄放～)
ni-mo-tsu　　o　a-zu-ke-ta-i　de-su

に　もつ
荷物
ni-mo-tsu

行李

き　ちょうひん
貴重品
ki-cho-u-hi-n

貴重物品

125

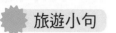
たいわん
台湾 から 来ました。 （我從台灣來的。）
ta-i-wa-n　ka-ra　ki-ma-shi-ta

イギリス
i-gi-ri-su
英國

ドイツ
do-i-tsu
德國

スペイン
su-pe-i-n
西班牙

ニュージーランド
nyū-jī-ra-n-do
紐西蘭

シンガポール
shi-n-ga-pō-ru
新加坡

インド
i-n-do
印度

スウェーデン
su-wē-de-n
瑞典

アイスランド
a-i-su-ra-n-do
冰島

チェコ
che-ko
捷克

ブラジル
bu-ra-ji-ru
巴西

フィリピン
fi-ri-pi-n
菲律賓

ベトナム
be-to-na-mu
越南

こし
ko-shi
が 痛い です
ga i-ta-i de su
（腰痛）

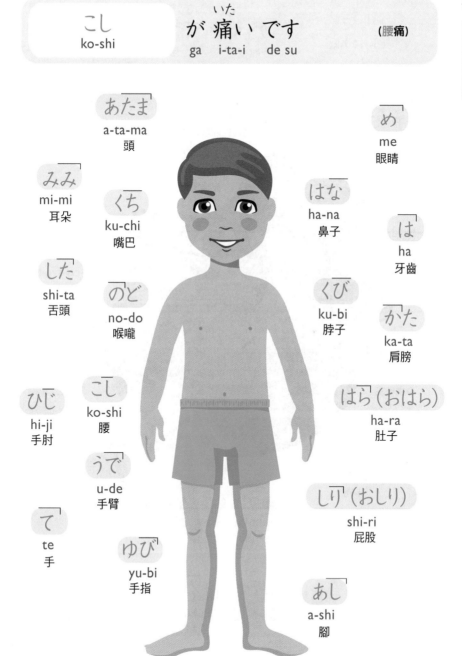

あたま
a-ta-ma
頭

め
me
眼睛

みみ
mi-mi
耳朵

くち
ku-chi
嘴巴

はな
ha-na
鼻子

は
ha
牙齒

した
shi-ta
舌頭

のど
no-do
喉嚨

くび
ku-bi
脖子

かた
ka-ta
肩膀

ひじ
hi-ji
手肘

こし
ko-shi
腰

はら（おはら）
ha-ra
肚子

うで
u-de
手臂

しり（おしり）
shi-ri
屁股

て
te
手

ゆび
yu-bi
手指

あし
a-shi
腳

127

とりにく
to-ri-ni-ku
が 好き です
ga su-ki de-su
(我喜歡雞肉)

洋食
yo-u-sho-ku
西式餐點

鍋物
na-be-mo-no
火鍋類餐點

すき焼き
su-ki-ya-ki
壽喜燒

日本食
ni-ho-n-sho-ku
日式餐點

しゃぶしゃぶ
sha-bu-sya-bu
涮涮鍋

中華
chū-ka
中式餐點

野菜
ya-sa-i
蔬菜

お肉
o-ni-ku
肉類

ぎゅうにく
gyū-ni-ku
牛肉

ネギ
ne-gi
葱

ぶたにく
bu-ta-ni-ku
豬肉

とりにく
to-ri-ni-ku
雞肉

はくさい
ha-ku-sa-i
大白菜

だいこん
da-i-ko-n
蘿蔔

> バナナ
> ba-na-na
> が 好き です
> ga su-ki de-su
> (我喜歡香蕉)

くだもの
ku-da-mo-no
水果

甘いもの
a-ma-i-mo-no
甜食

チーズ
ケーキ
chī-zu-kē-ki
起司蛋糕

アイス
クリーム
a-i-su-ku-rī-mu
冰淇淋

バナナ
ba-na-na
香蕉

クレープ
ku-rē-pu
可麗餅

プリン
pu-ri-n
布丁

いちご
i-chi-go
草莓

すいか
su-i-ka
西瓜

なし
na-shi
梨子

シューク
リーム
shū- ku-rī-mu
泡芙

どら焼き
do-ra-ya-ki
銅鑼燒

みかん
mi-ka-n
橘子

パパイヤ
pa-pa-i-ya
木瓜

ぶどう
bu-do-u
葡萄

ホットケーキ
ho-tto- kē-ki
鬆餅

心理測驗使用方法

字彙能力的增加，可以迅速提升讀者的日文能力。

心理測驗的設計，主要是要讓讀者利用輕鬆的方式，在遊戲中自然學會常用的單字。心理測驗一共有 11 題，學習單字的範圍很廣泛，包括**動物、樂器、食物、四季、顏色、房屋內位置名稱**等等。其中有些單字前面已出現過，讀者可利用此測驗複習一下之前所學，而前面沒有出現過的單字，也可利用這個輕鬆的單元，一邊做測驗，一邊學習新字。

在做測驗時，請先將題目中的單字瀏覽一遍，再選擇你想要的答案，再翻到次頁看該題回答的解說，同時複習單字。

你也可以找一個同伴一起做練習，由一人發問，以日文唸出選項，練習發音，並記憶單字；而回答者則先將選項遮起來，練習聽及理解單字。利用這樣一問一答的方式，就可以輕鬆記憶單字了。

1 當世界末日來臨時，如果只可以讓某一種動物留下來，你會選哪一個？

A

うさぎ
u-sa-gi
兔子

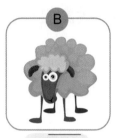

B

ひつじ
hi-tsu-ji
羊

C

しか
shi-ka
鹿

D

うま
u-ma
馬

E

キリン
ki-ri-n
長頸鹿

F

へび
he-bi
蛇

G

うし
u-shi
牛

H

いぬ
i-nu
狗

答 你在現實的世界中，會被什麼樣的人吸引呢？

A うさぎ 兔子　會被雙重人格的人吸引，像是表面如冰似霜，內心卻是熱情如火的人。

B ひつじ 羊　選羊的人會被內心溫情、順從的人吸引。

C しか 鹿　會被優雅、有禮、整齊的人吸引。你重視對方的外表長相，也就是說長得不好看的話，機會就比較低。

D うま 馬　會被不為事物所拘束，自由奔放的人所吸引。同時你重視對方的權力、經濟力，光是愛對你來說似乎不夠。

E キリン 長頸鹿　會被有耐性的人吸引。

F へび 蛇　會被有創意的人吸引。

G うし 牛　你會被家居型的人所吸引。你重視的是誠實、誠意。

H いぬ 狗　會被熱情的人吸引，希望自己隨時都被愛圍繞著。你重視的是愛情。

② 有動物從柵欄裡逃出來了，你覺得是什麼動物？

ライオン

ra-i-o-n

獅子

パンダ

pa-n-da

貓熊

しまうま

shi-ma-u-ma

斑馬

さる

sa-ru

猴子

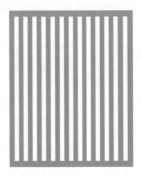 

答 現在的你最重視什麼？

A ライオン 獅子 → 自尊心　　要小心不要自尊心太強了。

B パンダ 貓熊 → 愛情　　要小心不要太柔弱，免得感情太脆弱。

C しまうま 斑馬 → 工作　　只要交給你的工作你都會盡力完成，

但是要小心不要太勉強。

D さる 猴子 → 玩樂　　活出自我是不錯，但是小心不要得意忘形。

3 有一幅大海的畫，你會想在這幅畫中加入什麼？

B
たいよう
ta-i-yo-u
太陽

D
くも
ku-mo
雲

C
かもめ
ka-mo-me
海鷗

A
ふね
fu-ne
船

E
にじ
ni-ji
彩虹

答 大海象徵人生，在你的人生中，你想要追求什麼？你想要為你的人生添加什麼色彩？

A ふね 船 ┊ 船表示有目的地，航行在海上表示是為了到達到另一個目的地，表示你很熱衷於工作或是其他你很有興趣的活動。但是如果你想的船是帆船的話，則是表示你想放輕鬆的心情。

B たいよう 太陽 ┊ 太陽象徵結婚或是家庭，表示你希望被溫暖包圍。結婚或是家庭的溫暖是你精神上有力的支撐，反映出你想要依賴撒嬌的心情。

C かもめ 海鷗 ┊ 選擇海鷗的你似乎很嚮往自由，想張開雙翼自由地去旅行。在人生中你討厭被束縛，不為世俗所羈絆。

D くも 雲 ┊ 你希望擁有可以推心置腹的朋友，或是愉快的人際關係。你認為身邊被好朋友所包圍，比達成什麼重大的成就還來得重要。你希望天天過著一團和氣的生活。

E にじ 彩虹 ┊ 對日常生活感到有些無趣，期待劇烈的變化一掃停滯不前的陰霾。希望發生奇蹟似的事情來打破現狀。

4 請問下面的樂器，符合你哪一個（認識的）異性的印象？

心理測驗

バイオリン
ba-i-o-ri-n
小提琴

フルート
fu-rū-to
橫笛

らっぱ
ra-ppa
喇叭

たいこ
ta-i-ko
鼓

答 你是怎麼看待這位（認識）的異性？

Ⓐ バイオリン 小提琴 你想要結婚的對象。

Ⓑ フルート 橫笛 你喜歡的對象。

Ⓒ らっぱ 喇叭 你希望他（她）成為一輩子好朋友。

Ⓓ たいこ 鼓 讓你感覺是競爭對手的人。

5 請問下面的水果，會讓你聯想到哪一個（認識的）異性？

りんご
ri-n-go
蘋果

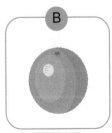

みかん
mi-ka-n
橘子

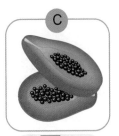

パパイヤ
pa-pa-i-ya
木瓜

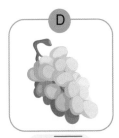

ぶどう
bu-do-u
葡萄

もも
mo-mo
桃子

チェリー
che-rī
櫻桃

オレンジ
o-re-n-ji
柳橙

いちご
i-chi-go
草莓

答 你是怎麼看待這位（認識）的異性？

A りんご 蘋果　對他（她）稍有好感；在一起就覺得安心、平靜。

B みかん 橘子　對他（她）一見鍾情。

C パパイヤ 木瓜　想和他（她）有親密的關係。

D ぶどう 葡萄　想和他（她）擁有下一代；是你值得信賴的人。

E もも 桃子　他（她）是你想要親吻的對象。

F チェリー 櫻桃　他（她）是你值得守護的人。

G オレンジ 柳橙　他（她）是你競爭的對手。

H いちご 草莓　他（她）是你心中愛慕的人。

33
心
理
測
驗

6 你會將你最喜歡的戒指戴在右手的哪一指？

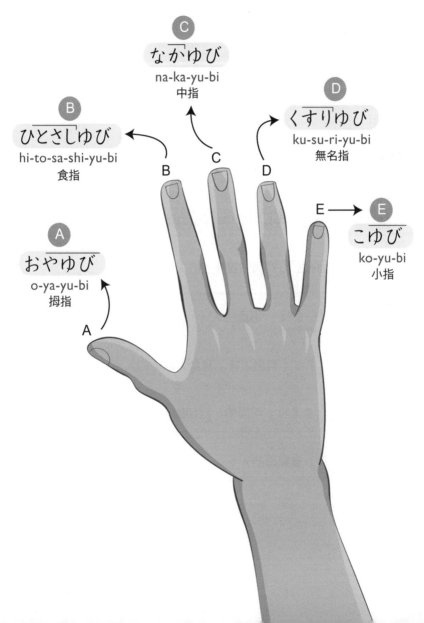

C
なかゆび
na-ka-yu-bi
中指

B
ひとさしゆび
hi-to-sa-shi-yu-bi
食指

D
くすりゆび
ku-su-ri-yu-bi
無名指

A
おやゆび
o-ya-yu-bi
拇指

E
こゆび
ko-yu-bi
小指

答 從你想戴哪一指，可以知道你希望成為什麼樣的人：

Ⓐ おやゆび 拇指　有強烈責任感的人。

Ⓑ ひとさしゆび 食指　溫柔的人。

Ⓒ なかゆび 中指　有男人味（有女人味）的人。

Ⓓ くすりゆび 無名指　可愛的、親切的人。

Ⓔ こゆび 小指　會撒嬌的人。

7 愛吃的你，現在開始要做菜了，你最先從冰箱裡拿出來的菜是什麼？

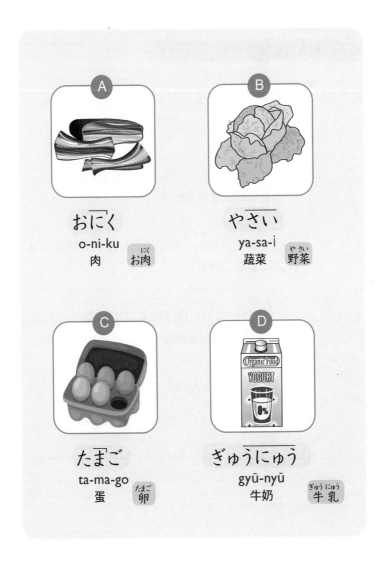

A

おにく
o-ni-ku
肉　　お肉

B

やさい
ya-sa-i
蔬菜　　野菜

C

たまご
ta-ma-go
蛋　　卵

D

ぎゅうにゅう
gyū-nyū
牛奶　　牛乳

答 你與人的相處態度是如何？

Ⓐ おにく 肉　處理肉需要很多工夫，所以表示你不怕麻煩，非常雞婆，有時候會讓人覺得你管太多。

Ⓑ やさい 蔬菜　對別人無微不至地照顧，向對方提供各方幫助，對方也會很善意地回應你。

Ⓒ たまご 蛋　社交性的往來。不痛不癢的交往，有時候會讓人感到有些冷淡。

Ⓓ ぎゅうにゅう 牛奶　你討厭麻煩，覺得和人交往很囉嗦，所以常常一個人獨來獨往。

8 下面的季節，你會聯想到誰？

A

はる
ha-ru
春天

B

なつ
na-tsu
夏天

C

あき
a-ki
秋天

D

ふゆ
fu-yu
冬天

答　平常你是怎麼看待他（她）？

Ⓐ はる 春天　可以將身心交付給他（她）。

Ⓑ なつ 夏天　在精神上尊敬的對象。

Ⓒ あき 秋天　擁有自己所沒有的優點，是你憧憬嚮往的對象。

Ⓓ ふゆ 冬天　想要和他（她）來一段情的對象。

如果你想到的是你戀愛的對象，那麼他（她）代表著：

Ⓐ はる 春天　初戀。

Ⓑ なつ 夏天　發生性關係的對象。

Ⓒ あき 秋天　成熟戀情的對象。

Ⓓ ふゆ 冬天　結婚的對象。

9 在畫他（她）的畫像時，背景你會選擇什麼顏色？

A

あか
a-ka
紅色

D

むらさき
mu-ra-sa-ki
紫色

G

みどり
mi-do-ri
綠色

B

あお
a-o
藍色

E

くろ
ku-ro
黑色

H

きいろ
kī-ro
黃色

C

ピンク
pi-n-ku
粉紅色

F

みずいろ
mi-zu-i-ro
水藍色

I

しろ
shi-ro
白色

答 你希望對方再加強什麼地方？

Ａ あか 紅色 希望對方熱情一點。

Ｂ あお 藍色 希望對方更具知性一些。

Ｃ ピンク 粉紅色 希望對方更溫柔一些。

Ｄ むらさき 紫色 希望對方更性感一些。

Ｅ くろ 黑色 希望對方更值得依靠。

Ｆ みずいろ 水藍色 希望對方更爽朗。

Ｇ みどり 綠色 希望對方舉止更自然些。

Ｈ きいろ 黃色 希望對方更有年輕有朝氣。

Ｉ しろ 白色 希望對方對任何事會更寬容地接受。

⑩ 年關到了要大掃除，你會從哪裡開始掃起呢？

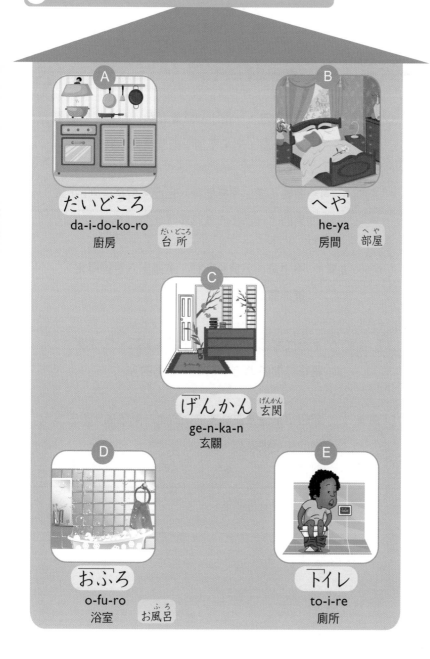

A

だいどころ
da-i-do-ko-ro
廚房 　台所 (だいどころ)

B

へや
he-ya
房間 　部屋 (へや)

C

げんかん 玄関 (げんかん)
ge-n-ka-n
玄關

D

おふろ
o-fu-ro
浴室 　お風呂 (ふろ)

E

トイレ
to-i-re
廁所

答 你的小氣程度？

A だいどころ 廚房　很大方，一不小心就亂花錢。在金錢方面毫不在意，常常不加考慮就買貴的東西。

B へや 房間　有點會亂花錢。平常能管好自己，但是碰到自己心愛的東西，一不小心就花多了。

C げんかん 玄關　不小氣也不會亂花錢。金錢出入管理得當，是很實在的人。

D おふろ 浴室　不管從哪個方面來看，你都很小氣。只將錢花在必要的地方，是個不吃虧的人。

E トイレ 廁所　超級小氣鬼。在必要的地方也一毛不拔，你對金錢的態度很苛刻。

11 你希望魚在哪裡游？

いけ
i-ke
水池　

うみ
u-mi
大海　

かわ
ka-wa
河川　

すいそう
su-i-so-u
水族箱

答 你最近對未來的期待程度。可以悠然地游泳的地方越大，
表示你未來越光明。

A いけ 水池 ｜ 最重要的是平穩無事，既不期待也不悲觀。

B うみ 大海 ｜ 對未來充滿期待，非常地積極向前，心中有非做不可
的事。

C かわ 河川 ｜ 心中偷偷地期待未來可能發生幸運的事。

D すいそう 水族箱 ｜ 對未來完全不抱期待，悲觀地認為昨天和
今天不會有兩樣。

學了五十音之後馬上學日文輸入法，除了可以利用音形記憶法加快學五十音的腳步之外，更可快樂悠遊在網際世界裡！

日文學習者的輸入日文需求，如果是智慧型手機，可利用內建日文輸入法或是 APP 支援日文輸入。如果是微軟 window 系統，其系統中內建日文輸入法，只要按照下列步驟就可以新增日文輸入法。

❶ 點選「window 開始」→ 點選「設定」

❷ 選擇「時間與語言」

❸ 選擇「語言」

❹ 選擇「新增語言」→ 點選「日文」

新增完成後，如果你按「alt+shift」可以轉換日文輸入環境及中文輸入環境的話，就表示你日文輸入法新增成功了。

新增了日文輸入法，輸入日文就非常簡單，只要記住假名的羅馬拼音，利用英文輸入法即可，不需要日文字面的鍵盤。

如果你要打「りんごを食べたい」（我想吃蘋果），只要日文輸入環境中鍵入「ri nn go wo ta be ta i」，然後直接按（空白鍵），電腦就會自動顯示出「りんごを食べたい」。假名、漢字完全不必分開輸入。如果輸入後，跳出來的漢字等不是你要的，可以再按一次「空白鍵」就有相關的選項可供選擇，再從其中擇一即可。

有些假名不一定要按五十表中的羅馬拼音輸入，可以直接以「子音＋母音」的原則輸入，如：

（t+ a i u e o）→「ta ti tu te to」→ たちつてと

（s+ a i u e o）→「sa si su se so」→ さしすせそ

（h+ a i u e o）→「ha hi hu he ho」→ はひふへほ

（z+ a i u e o）→「za zi zu ze zo」→ ざじずぜぞ

（d+ a i u e o）→「da di du de do」→ だぢづでど

特殊輸入

片假名長音：「ー」	直接按鍵盤上的「－」鍵 （不是數字鍵盤上的減號）
小寫字的假名： あ い う え お 等等	英文的「l」或「x」加上該假名原來的羅馬拼音。如：あ：la／xa　　う：lu／xu
促音：「っ」	1. 同上的原則，打「ltu」或「xtu」。 2. 重複下一個假名的子音。如： 　　きって（郵票）：kitte
を	音發「o」但是要輸入「wo」。
ぢ・づ	ぢ音發「ji」但是要輸入「di」； づ音發「zu」但是要輸入「du」
ゐ（ヰ）・ ゑ（ヱ）	ゐ（ヰ）：輸入「wi」； ゑ（ヱ）輸入「we」
々	輸入「o na ji」直接按「空白鍵」
其他特殊符號	輸入「ki go u」直接按「空白鍵」，就會有很多特殊符號可供選擇。
F7	將平假名直接轉為全形片假名
F8	轉為全形片假名半形片假名
F9	轉為全形羅馬拼音
F10	轉為半形羅馬拼音
Alt+～	轉換日文輸入法中的假名輸入及英文輸入
Alt+Shift	轉換中文輸入法、日文輸入法

相信有了上面的粗淺了解，你就可以輕鬆輸入日文。

日文輸入法

利用日文網站查資料時，如果你要查的漢字和中文相同，直接用中文輸入法輸入關鍵字後，也可以查到資料哦！

下面幾個網站是筆者常使用的，提供讀者參考。

Weblio　http://www.weblio.jp/
字典專用網站，可查詢日日、日英、日中、日韓等。

goo　http://www.goo.ne.jp/
搜索引擎。goo 提供線上字典查詢功能，很方便哦！

yahoo　http://www.yahoo.co.jp/
搜索引擎。除了搜索查詢功能之外，也有即時新聞。

NHK easy newsweb　　http://www3.nhk.or.jp/news/easy/
NHK 新聞。此網站為用語簡單新聞，漢字上均注假名。

讀賣新聞　http://www.yomiuri.co.jp/
讀賣新聞的網上新聞，可以隨時看日本的即時新聞。

朝日新聞　http://www.asahi.com
朝日新聞的網上新聞，可以隨時看日本的即時新聞。

TBS NEWS　http://news.tbs.co.jp/
TBS 電視台的線上新聞，可以隨時看日本的即時新聞。

● **こ、い**　「こ」寫斜了，或是「い」寫得太平行，兩假名就會混淆。

こ→こ˟　　い→こ˟

● **さ、き**　兩假名只差一劃橫筆。注意，兩假名下方的弧線一劃，不要寫得太硬直、上方的筆順起始位置要清楚，不可以像是打 X。

さ→╳˟　さ→土˟　き→╳˟　き→圭˟

● **す、お**　「す」的轉圈不可太大；「お」的彎不可太小或太低。

す→す˟　お→お˟　お→お˟　お→お˟

● **こ、て、へ**　「こ」兩劃不相連，「て」弧度要夠，「へ」的弧度不要太過。

こ→乙˟　　て→乀˟　　へ→乀˟

● **ぬ、ね**　兩假名左半邊不同。兩假名的右半邊打的圈圈要均勻，不可太過。

ぬ→ぬ˟　ぬ→ぬ˟　ね→ね˟　ね→ね˟　ね→ね˟

● **ぬ、め**　兩假名右半邊不同。上彎的弧度太大或太小都不好看。

ぬ→ぬ˟　め→め˟

● **は、ほ**　兩假名右半邊上方只差一劃。兩假名的右半邊打的圈圈要均勻。

は→は˟　ほ→ぼ˟　ほ→ほ˟

● **ま、お**　「ま」的轉圈不可太大；「お」的彎不可太小或太低。

ま→ま˟　ま→ま˟　お→ち˟　お→お˟

● **ゆ、ね**　「ゆ」中間一劃有弧度。「ね」的第一劃要與第一劃交會了才轉折，右半邊打的圈圈要均勻。

ゆ→ゆ˟　ゆ→ゆ˟　ね→ね˟　ね→ね˟

- **よ、お**　「よ」上方一劃不可突出左邊，或是下方弧度不可太過。
  「お」不可太小，或是的弧度不夠。

  よ→よˣ　よ→よˣ　　お→お ˣ　お→お ˣ

- **ら、う**　「ら」的直劃不可太短；「う」第二筆的開頭不可因為模仿毛筆起頭而
  太誇張。

  ら→ら ˣ　ら→ら ˣ　　う→う ˣ

- **り、い**　「り」的弧度不可太大，筆劃是左短右長。「い」的弧度要足夠，筆劃
  是左長右短。

  り→い ˣ　り→り ˣ　り→り ˣ　　い→い ˣ　い→い ˣ

- **る、ろ**　兩假名只差下方的圈圈。

  る→ろ ˣ　る→る ˣ　　ろ→ろ ˣ　ろ→ろ ˣ

- **ね、れ、わ**　三假名只差右半邊。

  ね→ね ˣ　れ→れ ˣ　　わ→わ ˣ　わ→わ ˣ　わ→わ ˣ

- **ケ、ク**　兩假名只差右上方一劃橫筆。有沒有突出，要書寫清楚。

  ケ→ケ[×]　　ケ→ケ[×]　　　ク→グ[×]

- **せ、セ**　平假片假兩字右邊要辨明清楚。

  せ→せ[×]　　セ→セ[×]

- **シ、ツ、ミ**　「シ」下方一劃是由下往上撇，而「ツ」的下方一劃是由上往下撇；「ミ」則是由上往下三劃斜筆。

  シ→ジ[×]　　ツ→ジ[×]　　ミ→ジ[×]

- **ソ、y**　「ソ」的上方不相連，不要寫成英文的「**y**」。

  ソ→ソ[×]　　ソ→y[×]

- **タ、ク**　兩假名只差中間的一點。

  タ→ク[×]　　　ク→ク[×]

- **二、こ**　「二」要寫得剛直些，「こ」要寫得圓滑些。

  二→二[×]　　二→こ[×]　　こ→二[×]

- **ヌ、ス**　「ス」下方一劃點的位置若是不小心突出，容易與「ヌ」混淆。

  ヌ→ス[×]　　ス→ス[×]

- **フ、ヌ**　兩假名只差下方一劃。

  フ→ス[×]　　ヌ→ス[×]

- **ユ、コ**　兩假名只差下方有沒有突出，「コ」下方一劃若是不小心突出，容易與「ユ」混淆。

  ユ→コ[×]　　コ→ユ[×]　　コ→ヨ[×]

● ラ、う 兩假名只差上方一劃,「ラ」比較硬直,「う」更為圓滑。

ラ→う^× う→ラ^×

● リ、リ 「リ」要寫得圓滑些,「リ」要寫得剛直些。

リ→ll^× リ→ソ^×

● レ、し 下方一劃是否圓滑,會影響到兩字的辨認。

レ→し^× し→し^×

● ワ、ウ 兩假名只差上方一點。

ワ→ウ^× ウ→ウ^×

● ワ、ク 「ワ」上方略寬,右邊第一筆較短,字形有倒三角的感覺。
　　　　 「ク」上方略窄,右邊第一筆較長。

ワ→ク^× ク→ウ^×

● ン、ソ 「ン」下方一劃是由下往上撇,而「ソ」的下方一劃是由上往下撇。
　　　　 要特別注意。

ン→ソ^× ソ→ン^×

● ヲ、ヨ 兩假名上方相似,但是「ヲ」不會出現在單字中。

ヲ→ヨ^× ヨ→ヲ^×

● ヲ、ヌ 兩假名上方相似,但是「ヲ」下方是一橫,「ヌ」下方是一點。

ヲ→ヌ^× ヌ→ヲ^× ヌ→ヌ^×

超好學

日語五十音

3分鐘記憶口訣 + 旅遊單字小句

作　　　者	葉平亭
編　　　輯	黃月良
校　　　對	洪玉樹
排　　　版	林書玉
封面設計	林書玉
圖　　　片	shutterstock
製程管理	洪巧玲
發　行　人	黃朝萍
出　版　者	寂天文化事業股份有限公司
電　　　話	2365-9739
傳　　　真	2365-9835
網　　　址	www.icosmos.com.tw
讀者服務	onlineservice@icosmos.com.tw

國家圖書館出版品預行編目 (CIP) 資料

超好學日語五十音【教科書字體三版】：
3分鐘記憶口訣＋旅遊單字小句 葉平亭著.
-- 三版 . -- 臺北市 : 寂天文化事業股份有
限公司, 2025.01
　面；　公分
ISBN 978-626-300-295-1 (25K 平裝)

1.CST: 日語 2.CST: 語音 3.CST: 假名

803.1134　　　　　　　　　113019974

出版日期　　　2025 年 01 月　三版二刷（寂天雲隨身聽 APP 版）
郵撥帳號　　　1998-6200　　寂天文化事業股份有限公司
・訂書金額未滿 1000 元，請外加運費 100 元。
〔若有破損，請寄回更換，謝謝。〕